U0534100

IL TEMPO INVECCHIA IN FRETTA
———— Antonio Tabucchi ————

# 时光匆匆老去

〔意〕安东尼奥·塔布齐 著  沈萼梅 译

人民文学出版社
PEOPLE'S LITERATURE PUBLISHING HOUSE

著作权合同登记　图字 01-2017-6225

Antonio Tabucchi
IL TEMPO INVECCHIA IN FRETTA

Copyright © 2009，Antonio Tabucchi
Simplified Chinese edition copyright © 2018
by Shanghai 99 Readers' Culture Co.，Ltd.
All rights reserved.

**图书在版编目(CIP)数据**

时光匆匆老去/(意)安东尼奥·塔布齐著;沈萼梅译.—北京:人民文学出版社,2018
（短经典精选）
ISBN 978-7-02-013616-2

Ⅰ.①时… Ⅱ.①安… ②沈… Ⅲ.①短篇小说-小说集-意大利-现代 Ⅳ.①I546.45

中国版本图书馆 CIP 数据核字(2017)第 322395 号

| 总　策　划 | 黄育海 |
| 责任编辑 | 朱卫净　欧雪勤　骆玉龙 |

| 出版发行 | 人民文学出版社 |
| 社　　　址 | 北京市朝内大街 166 号 |
| 邮政编码 | 100705 |
| 网　　　址 | http://www.rw-cn.com |
| 印　　制 | 上海盛通时代印刷有限公司 |
| 经　　销 | 全国新华书店等 |
| 开　本 | 890 毫米×1240 毫米　1/32 |
| 印　张 | 4.375 |
| 字　数 | 88 千字 |
| 版　次 | 2018 年 4 月北京第 1 版 |
| 印　次 | 2018 年 4 月第 1 次印刷 |
| 书　号 | 978-7-02-013616-2 |
| 定　价 | 35.00 元 |

如有印装质量问题,请与本社图书销售中心调换。电话:010-65233595

**SHORT CLASSICS**
短经典精选

时光追随着阴影匆匆老去。

——"献给克里齐亚"①,苏格拉底

---

① 克里齐亚(公元前160—公元前103年),雅典政治家和作家。苏格拉底的学生。

# 目 录

001 | 圆圈儿
014 | 淅沥，淅拉，淅沥，淅拉
035 | 云彩
060 | 餐桌上的亡人
079 | 将军之间
090 | 我眷恋风
095 | 电影节
105 | 布加勒斯特依然如故
118 | 意想不到的事

132 | 后记

# 圆 圈 儿

"当我向他问起我们年轻时代那些岁月时,他回答说:'青春已一去不复返,但还是留下了某些东西。'当初我们是那么天真幼稚,又那样年少气盛,不谙世事。"

老教授停止不说了,露出一种几近忏悔的神情,他匆匆擦干睫毛上冒出的一颗泪珠,用手拍了一下脑门,似乎在说:我真傻,请你们多多原谅。他松开那条少见的橘红色蝴蝶结领带,用他那带着浓重德国口音的法文道了声:"对不起,请原谅,对不起,请原谅,我忘了诗歌的题目是《老教授》,伟大的波兰女诗人维斯瓦娃·辛波斯卡的诗作。"这时,他指了指自己,像是想说明那首诗描述的人物与他有些许吻合。然后,他又喝了一杯卡瓦度斯苹果酒,这比诗歌本身更令他激动,他忍不住轻声哽咽起来。大家都站起来安慰他:"沃尔夫冈,别这样,继续念下去。"老教授用一张方形格子大手绢擤了擤鼻子。"我问起他那张照片,"他用洪亮的声音继续说道,"就是写字桌镜框里的那张。'他们是亲人,曾经是亲人。兄弟，堂兄，嫂子，妻子，坐在膝盖上的女儿，女儿怀里抱着的猫，开花的樱桃树，以及那棵樱桃树上空飞翔的一只看不清的什么鸟儿。'他回答我说。"

余下的话她没再听见，抑或不想听。"圣加仑州的老教授是多么可亲啊。圣加仑州的堂兄弟们是有点儿土气，"那是有一天晚上在厨房里听叔婆说的，"是些古怪的人，都是些好人，不过他们是生活在那种湖光山色的偏僻地方。"不过，她觉得圣加仑老教授别有情趣，他甚至还把打算在敬酒时朗读的诗篇影印了几份，放在摆好的酒席上供宾客们拜读，一旁是美味可口的甜点和奶酪，那是多么高雅的品位啊！因为按他的说法，那是对爷爷，"我可怜而难以忘怀的兄弟约瑟夫最好的纪念，本来上帝应该呼唤我去顶替他的。"然而，他却在这里还活得挺健朗，因为经常喝烈酒，鼻子上的红色老年斑显得更为鲜明，而奶奶却安详地聆听着（或许她在睡觉）小叔子赋诗赞颂她已故的丈夫，因为那天是她丈夫去世十周年纪念日，那也是全家隆重聚会的缘由。"应该悼念去世的人，但不管怎样，生活得继续，而得继续下去的生活更值得庆贺，甚至比悼念亡人更为重要。让爱嫉妒的人心里难过去吧，因为家庭就是家庭，尤其是像我们这样有历史渊源的家庭，早在十九世纪初就创建过驿站，当时的驿站从日内瓦一直通到圣加仑州，从康斯坦茨湖通到德国，从德国通到波兰，驿站的一些照片和印刷品，都保存在家庭相册里，后来从那些古老的驿站衍生出贸易网，这使得如今的齐格勒家族在瑞士乃至整个欧洲都享有盛名。驿站当初的创始人早都已过世，业已年迈的后裔不久也将陆续去世，但家族却延续着，因为生活在继续，为此，我们带着子子孙孙相聚在此，庆贺继续着的生活。"圣加仑的叔公兴奋地讲完了话。

富有悠久传统的家族的后裔们都在那里就座。圣加仑的叔公用激动的声音高声朗读诗篇时，那戏剧性的手势似乎正是冲着他们的：已经戴上领带满头金发的小孙子，以及满脸雀斑的小女孩，他们都不知道那手势是冲着他们的，也根本不知道那个他们从未见过的约瑟夫爷爷，他们正全神贯注地抢着吃一块巧克力蛋糕呢。小男孩抢先吃到了，鼻子上沾着的奶油，活像木偶剧《吉尼奥尔》①里人物的胡须，这表明他赢了；最小的媳妇，皮肤白皙的格莱达，用一块带花边的餐巾那么关切地擦去了小男孩脸上的奶油，那餐巾也跟叔公一样是圣加仑州的。她微微笑了笑。那是一种甜美的微笑，浮现在红润的乳白色脸庞上，白里透红，如同当地人说的：奶和血。不过也许不是在日内瓦，而是在卢加诺：奶和血，多奇怪的混合，她头一次听到这样的说法时，产生了一种奇怪的反应，几近恶心，也许因为她想象到：在一罐牛奶中掉下几滴鲜血。她的思绪立

---

① 法国一部经典木偶剧及其主要角色的名称。

刻径自回到一个并不是她的童年的时代,回到了一个消失在时间中的家乡,就在家乡的山脚下,在那里,在那个城市里,现在大家正在纪念一位名叫约瑟夫的爷爷,那并不是她的爷爷,她从来没有认识过那个爷爷。当初人们管那个地方叫马格里布①,好像它属于一种抽象的地理。当她还是小姑娘时,不知道她的先祖们生活过的地方叫马格里布,连他们自己都不知道那是个什么地方,他们只不过是曾经在那里生活过;就连外祖母也不知道那是什么地方,外祖母的形象从她记忆中如同从一口枯井里浮现出来,多奇怪啊,因为那不是对一个人的记忆,而是对人们对她讲述过的一位外祖母的记忆。她从未见过外祖母,自己从未见过的一张脸孔怎么能记得清呢?然而,她想起了她母亲,她很坚强,却又那么柔弱,她十分漂亮,大大的眼睛,仪态高贵,而且她还想起了她母亲说话的声调,操着古老的、十分古老的女中音,因为那声音来自沙漠之心,那里连贩卖人体的阿拉伯人都不敢闯入,连贩卖灵魂的天主教神父也不敢前往。最好别去烦扰柏柏尔人②,跟他们是无法做交易的。同时她也在寻思着,自己的这种深厚感情究竟来自何处,她感觉到,这种情感就来自她看到格莱达悉心为小男孩擦净脸上的巧克力奶油蛋

---

① 非洲西北部突尼斯、阿尔及利亚以及摩洛哥接壤之地,在阿拉伯语中是"日落的地方"之意。
② 地中海种族,居住在靠近非洲西北部的地区,几乎都信奉伊斯兰教。

糕污渍的那一瞬间。这是一种凭空产生的感情，就如同她的回忆，那不是真的回忆，而是回想起一个故事，而且还说不上是一种感情，而是一种激情，实际上也谈不上是一种激情，只是一些形象，是她还在孩童时，听着别人回忆时幻想出来的形象。然而她后来又忘了那遥远的想象出来的地方，这令她惊诧。为什么她儿时听母亲说到过的那些沙漠之地，已经深埋在她记忆的沙漠之中了呢？"林荫大道"，这是她记忆中的地理名词，她父亲曾拥有过一家很气派的律师事务所，就坐落在巴黎的林荫大道上，事务所里贴着印有花卉图案的壁纸，还有靠背大皮椅。当时她父亲是巴黎一家事务所的著名律师。她就是在事务所楼上的一个套房里长大的，套房内高高的窗子还有灰泥腻子做的窗框装饰，"一座豪斯曼①设计的楼房。"家里人他们总这么说：是一幢豪斯曼的建筑物，而豪斯曼就是豪斯曼，没有别的，可是这跟此时的她又有什么关系呢？

看到格莱达替她儿子擦去脸上的奶油蛋糕污渍时，她这样问自己。她问自己的这个问题，也是她想问前来参加家庭聚会所有成员的，这个家庭如此好客，又如此慷慨地举办酒席，为的是纪念一位勇敢的爷爷，当初他能干地把几处驿站改造成一个收益丰厚的商贸企业，如今这个企业也属于她，因为它曾经属于米歇尔。可现在为

---

① 豪斯曼（1809—1891），法国著名城市规划师，主持巴黎大改造计划。

什么要把豪斯曼先生扯出来呢?他们会把她当疯子看的。"我亲爱的,"格莱达可能会这样说(要是格莱达这样说就好了),"可是这与十九世纪法国最伟大的城市规划大师豪斯曼又有什么关系呢?他曾经重新规划了巴黎,你就住在他设计的一座楼房里,可你为什么这会儿想起他了呢?"格莱达有过在日内瓦生活的经历,与巴黎相比,她把日内瓦看作是一个省城,或许在她看来,提起豪斯曼是一种挑衅。这种事可不该在家庭聚会的餐厅里说,在那幢窗户宽敞面临大海的结实的楼房里,面对这一桌的美味佳肴,她能谈什么沙漠吗?要是谈的话,他们会问她,这跟沙漠有什么关系呢?她会回答说:"有相反的关系,这是因为你们,在这里,你们跟前有一个美丽的湖泊,荡漾着清澈的湖水,湖心甚至有一个高达百米的立式喷水池,而当初我的外祖母却生活在浩瀚的沙漠里,当她还是小姑娘时,早晨她得到凯里布①那边的井上去提一罐水,现在我想起了那个地方的名字。当时她得摸黑顶着水罐走三公里路去那里,再顶着灼热的阳光走三公里路回来,而你们是不会真正明白水意味着什么的,因为你们现在有的是水。"

这些话该说吗?他们有什么过错吗?不过,也许她可以说,她想起了"奶和血"这个说法,她觉得真是太可怕了,因为在她年幼

---

① 突尼斯北部沿海地名。

时，她外祖母有时带她到牛棚里去，她着迷似的看着外祖母把白色的奶汁从母羊的乳房挤到锌制奶桶里，然后她们像对待上帝的馈赠那样又恭敬地把挤出的奶提到家里。不过，倘若那洁白的牛奶里有几滴血，她会感到恐怖，她会吓得逃跑，但她不能那么说，因为那不是回忆，那是一种想象，一种虚构的回忆，她从未进过那个牛棚。"而就这样，现在我避开虚构的回忆，现在我就在这里，"她想道，"这个热情的家庭亲切地敞怀欢迎了我，我向大家致以歉意，我说的事情不符合逻辑，可能是因为我刚才看到我那肤色较深的双手，我听到'奶和血'这个说法确实觉得有点儿奇怪，也许，我需要呼吸点儿新鲜空气，日内瓦的夏天比巴黎更热，湿度更大，我很喜欢这次聚会，你们大家都是我至亲至爱的人，可几年前我跟米歇尔订婚后，他把我带到山上的牧场去，好像我当时确实需要清新的空气。我们是乘公共汽车去的，那辆一直开到最远一个村落的公共汽车，要是我没有记错的话，牧场并不远，要是乘一辆出租车半小时就到了，其实牧场就在不到一千米的地方，米歇尔应该是去那儿睡午觉了，你们告诉他别担心，我晚饭前就回来。"

天气很热。人们会问，在海拔一千米高的地方怎么会比城里更热呢？也许城市会感到湖泊产生的气候效应，一汪清澈的湖水毕竟会使周围空气变得凉爽，这符合逻辑。不过，这里也许与日内瓦的气温一样，也许只有她才感到热，一种体内产生的热，就像体温一样，唯有身体才感觉到为什么会比四周环境的温度高出很多。高原上阳光十分强烈，另外，没有树木，唯有一望无垠的草原，多少年前，米歇尔第一次把她带到高原时，那儿还是一片麻絮色大草原，那是春天，因为冬天雨水的滋润，高原呈一片绿色。当时他们相识不久，她从来没有来过瑞士，当时他们简直还都是孩子，米歇尔上医科最后一年，那是十五年以前的事情了，因为那年六月他刚大学毕业，他们在他毕业时一起庆祝了他二十五岁的生日。她瞬息间想到了时光，想到了什么是岁月，不过仅仅在一瞬间，因为那麻絮色的草原重又吸引住她的目光和她的思绪，当时在草原短短的草根上不好行走，可能是六月份农民们为储备过冬的干草刚刚收割过。她想，绿色变成了黄色，而后她的思绪又回到了日历：月份、年份、日期。她大声说道："快四十了。确切地说是三十八岁了，不过，三十八岁跟四十岁差不多。可我还没有儿子。"她意识到自己是在大声说话，她像是在那片焦黄的草原上，对着不存在的剧场正厅里的观众说话。她继续大声说道："为什么他们先前不这样问我呢？一个结婚十五年的女子怎么可能还未生过孩子，但为什么没人问呢？"她席地而坐，坐在扎人的草根上。倘若这是跟米歇尔事先说清楚的事情，或许还说得过去，可这不是他们俩人情愿的。事情就是这样，总而言之，就是没生下一个儿子，她从来没有问过为什么，她一直觉得这是正常的，如同她生长在林荫大道上的一幢漂亮的套房里一样正常，好像住在那座富有巴黎气派的楼房里是天经地义的事情，没有比那更自然的事情了，世上的事情就像你想要的那样存在着，如果你愿意，你可以驾驭它们，否则就放任自流了。"的确如此，"她自言自语道，"但究竟是什么在驾驭一切呢？难道有某些东西从外部驾驭着我在周围感受到的那种强有力的气息吗？"变成苍儿的青草，随着季节的转换重又变成青草，还有即将过去的八月底闷热的白日天气，她突然觉得特别可亲的住在日内瓦老房子里的老奶奶，还有那饮酒过多吟诵诗句的圣加仑州叔公，她想到他那松开的蝴蝶结领带，以及他鼻子上的红色痦子，她泪水盈眶，不知为什么，她眼前出现了一个牵着妈妈的手从村镇集市回来的小男孩，集市散了，是星期日晚上，小男孩手腕上系着一个充满气的气球，小男孩把它当战利品似的牵着它，突然，啪的一响，气球瘪了，有什么东西刺破了它，然而，是什么东西呢？也许是篱笆上的荆棘？她觉得自己仿佛是那个突然发现手中气球瘪了的小男孩，有人偷走了他的气球，不，气球还在，只是有人把里面的空气放跑了。那么，就是如此，难道时光就像空气，难道她让空气从一个很小的洞孔里漏了出去却没有发现？可是洞孔在哪里呢？她无法看见它。她又想到了米歇尔，想到开初几年他在实验室里度过的日子，每天晚上他回来得很晚，疲惫不堪，她总是等他到半夜，吃着她赶着做的面条，那是美好的岁月，米歇尔当时是在研究一种药物，能把孩子们从可怕的疾病里拯救出来。这是十分美好的事情，可是如果在他能够拯救的孩子中没有他们的孩子，为什么去拯救抽象的孩子们呢？那些夜晚十分清晰地回到她的记忆之中，他们静静地聆听着肖邦的《夜曲》，有时候米歇尔还建议放一盘柏柏尔人的音乐，说非洲人的击鼓声能消除他的疲劳和他的不安情绪，可是她实在受不了那些击鼓声。然后他们就在那个小套房里就寝，房子朝向巴黎一个没有任何装饰的广场。他们相爱甚欢，但那种爱从未使他们生下一个孩子。

而为什么偏偏现在她才问自己为什么呢？就在那个不属于她的地方，在那炎热的八月份荒芜的平原上，她才问起自己呢？也许是因为比她小两岁的格莱达，产下了一双可爱的孩子，她确实想到了"产下"这个词，而她为自己这样想感到后悔，觉得挺庸俗的，但同时又直觉地认为十分真实，那是活生生的事实，因为是身体产下来的。肉体重新生出肉体自己，传承着自己，只要肉体是活的，用裹在肉体里面的体液，只要有水，那胎盘里的羊水供养着接受肉体传承的小小细胞。水。她似乎明白了，一切都取决于水，而她不得不问自己，是不是自己体内缺少水呢？是不是她也难以逃脱几世纪以来与沙漠做过搏斗的人们所遭受的命运呢？他们抵御着铺天盖地的黄沙，而后，又不得不屈服而远走他乡，而且如今在他们祖先曾经生活过的地方，水井全被埋了，剩下的只有沙丘，这她知道。她突然惊恐万状，她的目光迷茫地转向那一片黄色的沙原，地平线上的一轮红日开始下山。而就在这时，她见到了马群。

那是有十来匹骏马的马群，也许更多些，几乎全是灰色的鬃毛，有几匹马身上带有斑点。不过，稍稍站在其他几匹马前面的是一匹黑色的种马，高傲地仰着脖子，好像它是马群之首，它用一只马蹄踢地，嘶叫了一声。马群离她不远，不超过两三百米远，但先前她没有看见马群，当看见它们时，她才觉得马群也在看着她，这时黑色的种马嘶鸣得更欢，好像相互看了一眼形成了一种默契。在那炎热的下午，马儿疾步奔跑起来，黑色种马扬起鬃毛，更加响亮地嘶叫一声，它疾步如飞，把马群远远地甩在后面。她望着它们向前奔跑，看得出神，发现无垠的草原迷惑了视觉，马儿奔跑在比她感觉到的更远的地方，抑或得花很多时间才能接近它们，就像在电影里看到的某些场景，马蹄腾空的动作有如流动的液体，好像体内具有一种隐藏的秉性，正在显示出一种奇怪的魔法。马群就这样向前奔跑着，那么洒脱，像游云激流般奔腾起伏，它们给人以梦幻的感觉，好像在空中飘逸，但马蹄仍碰触到地面，因为它们身后扬起一片厚厚的尘土，遮挡住那边的地平线。它们不断变换着队形向前奔跑，时而列成一队，时而散开呈扇形，时而相互穿梭着，仿佛每匹马都有自己的目的地，最后重又聚集成一长队，而每匹马的脑袋和颈脖都按同样的节奏和韵律驰骋，当马儿重新散开呈扇形时，就像是波涛汹涌的海浪。霎时间她想逃走，但她明白自己做不到。她转身去看马群，一动不动地待着，双手交叉在胸口，像是想保护自己的胸部。就在这时，黑色的种马停止了奔跑，马蹄停落在尘埃之中，整个马群都跟着它停了下来，好像一位乐队大师的指挥棒点了休止符号，让那没有音乐伴奏的神秘芭蕾舞停止下来，那只是一种间歇，她清楚地感到这一点。她望着它们，期待着，它们待在离她不到十米地方，她看得见马儿湿润的大眼睛和艰难翕动着的鼻子，以及马背上闪光的汗水。黑色种马抬起右脚，仿佛是马戏团驯养的马儿在马戏开始时，把马蹄举到半空中悬着，然后它冲出去围着她旋转起来，用马蹄在地上踩出一个圆圈儿，几乎像是按约定的信号，其他的马匹都绕着圆圈跟着转圈，先是小步奔跑，而后就飞奔急驰，按着黑色种马奔跑的速度，速度越来越快，像刹车坏了的旋转木马那样疯狂地旋转起来。她就这样看着马群围着自己飞驰，形成了一个快速旋转的圆圈儿，速度是如此之快，马跟马之间似乎没有空隙，变成了马群形成的一堵连绵不断的围墙，马头连着马尾，马尾连着马头，马群扬起的一片尘埃萦绕着她，马蹄在干旱的土地上发出击鼓般的响声，她记不得是在什么地方，却绝对清晰地听到了，霎时间她看到敲打在鼓皮上的双手，传到她耳朵里的音乐来自大地，大地仿佛在颤抖，这她听到了，在传到她耳朵之前从脚上传到大腿，又传到躯体、心里和大脑里。这时，马队转成了一个大圆圈儿，马儿们转得越来越快，而她的思绪，也形成了一个圈儿，一种仅仅自己想的思绪，她只发现她想到自己在思索，没有别的，而就在那一刻，领头的黑色种马以刚才形成圆圈儿那样骤然，突然受惊似的冲破了圈子，仿佛逃脱了自然规律，跑出一道正切线，它身后拖着整个马群，而片刻之间，所有的马儿向远方飞奔而去。

她就待在那里，望着在夕阳映照下尘埃中扬起的闪光麦茬，她想，她得继续努力别再去想什么了，她坐了下来，手指在粗硬的麦茬中搜寻着泥土。阳光快要消失了，而橘红色的霞光已呈现出几缕湛蓝色，在那个高度，一眼望去的地平线是圆的，这是她唯一能想的事。地平线呈环形，就像奔驰的马群形成的圆圈一样，不断变化着无限地膨胀扩大。

## 淅沥，淅拉，淅沥，淅拉

  他左腿剧烈的疼痛，沿着腹股沟一直疼到膝盖，他是给疼醒的。不过，疼痛的源头在别处，他现在再也清楚不过了。他用大拇指使劲按尾骨以上的部位，当他按到第三和第四节脊椎时，感到全身像触了电似的，好像那个部位有一个雷达中心，向四处发射电波，从颈部一直通到脚指头。他试着在床上翻身。一开始尝试，就疼得他像要瘫痪了似的。于是他侧卧着，不应该说是侧卧，而是半侧着身子撑着，那可不是一种完美的姿势，只是作为过渡试图那么撑着。他半侧着身子不动，就像某些意大利巴洛克绘画上的圣女或圣人似的，他们由于笃信基督修行禁食，个个都体态优雅地悬空卧躺在那里。那是画家用画笔悉心勾勒出来永恒的形象，因为疯狂的画家，往往又都才华横溢，他们特别能抓住画中人物没有完成的动作，而通常画中人也是疯子，绘画的奇迹以一种古怪的万有引力形式得以完成，而那种引力好像源自地心的重力。

  他试着动了动脚趾。活动脚趾稍有些疼痛，包括大脚趾，这样做是有些风险的。他就这样待着,身躯不敢挪动哪怕是一毫米。他看着脚趾头,想到了那个可怜的布拉格男孩子,有一天他醒来时失去了语境,就是说,他仰面躺着,身子底下不是他的脊背,而是甲壳,男孩子望着小房间的天花板,不知为什么,他把天花板想象成天蓝色。他徒劳地挪动毛茸茸的足,不知如何是好。①这种思绪令他恼怒,并不是因为这个比喻,更多的是因为事情所属的那个范畴:文学,还是文学。他力图对自己的处境作一种现象学上的试验性诠释。他鼓起勇气,侧身挪动了一毫米。疼痛像利箭一样立刻准确地从第四节脊椎向他射来,先是到达颈部——他几乎能听到咝咝声——然后从颈部沿着相反方向抵达腹股沟,并扩散到整条大腿。《有如跟自己的身体说话》那本书,他是带着玩世不恭的心情,不过,也是带着好奇的心理阅读的,这一点他不能否认,那本书很畅销,可能从科学性来说并不那么可信,不过,为什么人不能跟自己的身体说话呢?有人不是还对着墙壁说话吗?他年轻时曾读过一位作家写的小说,那位作家一度享有盛名后来又被人忽视,那是个有个性的人,在一些事情上特别认真,他在那本书里与自己的身体对话,而且还跟身体的某个确切的部位说话,他称那个部位为

---

① 卡夫卡《变形记》中的那个主人公,有一天早晨醒来,发现自己变成了一只蟑螂。

"它",从而衍生出一番非同寻常的谈话,不过,这里的情况却不同,他身上的这个"它"不一样,他只是说:"大腿啊,大腿!"他动了一下大腿,而大腿却以刀割似的疼痛作为回答。对话无法进行。他十分小心地挪动了左腿,疼痛就集中到脊椎。可恶的脊椎!他又恼怒之极。他想,如果他把那位与自己已经很有交情的大夫请来,那位大夫会对他说,他是因文学而得的病,以往大夫早已这么说过。他仿佛听到大夫说:"我亲爱的,问题首先就在于你的姿势不对,而且为了写东西,你不但整个一生连坐的姿势都不对,问题是你总写东西,我不是说你,好好的符合健康的舒适生活你不过,比如说,业余时间上游泳池或穿着短裤跑步,与你同龄的男士们都这样,而我看你整天弓着身子写你的书,而且你还像没发好酵的圆甜饼那样扭曲着身子,你的脊椎像是暴风雨中的大海那样波浪起伏,如今你想修复它已经来不及了,你可以尽量少损伤它。你好像看不懂我给你带来的 X 光照片,为了让你彻底明白,明天我把在大学学医时用的塑料脊椎模型给你带来,模型可以拆卸,我按照你的脊柱形状搭成模型,这样,你就能好好看看自己把脊柱都糟蹋成什么样了。"

"我们给她安上了吸氧器,因为她呼吸有困难,"医生说道,"但情况稳定,您尽管放心。"这话是什么意思?"今天夜里您尽管放心,她会挺过去的。"他踮着脚尖走进病房。房间半明半暗。邻床的女病人在睡觉。她是一位略微肥胖的金发女士,头天她整个下午都在打手机,她穿着休闲便服躺在床上,她说等着医生尽早给她做手术。她还补充说:"我不知道为什么正好今天让我住了院,复活节这几天我们在韦内雷港的饭馆总是顾客盈门,您知道,亲爱的(她就这样称呼他),我们的饭馆被收录在米其林导游手册里,在利古里亚大区,这样的饭店只有几家,您想想,我正好就在这几天来做这个小手术,就为了胆囊里的四颗结石,可饭馆的顾客在那里排着队呢,还能有比这更犯傻的事吗!""阿尔曼多,阿尔曼多!"(她丈夫应该就叫阿尔曼多,就在这时他打了她的手机)。"请你别让蕾奥波尔狄娜摆放桌上的餐具,她尽力想做得更好,可是她总是摆错酒杯,葡萄酒的杯子老摆错地方,我整个冬天都在跟她讲解,但她不进脑子,她是当地姑娘。再见,阿尔曼多,拜托了!"跟阿尔曼多交待清楚后,她又继续说道:"您要知道,亲爱的,顾客都是很讲究的,他们几乎都是米兰人,或是伦巴第大区的人,正像您教过我的那样,伦巴第大区是我们国家的火车头,那里的人都有钱,因为他们会工作,他们挺讲究,这大家都明白,而如果一个米兰人对你说,我付钱,不过我得提要求,那你就不能有二话,因为人家付钱给你,就得有要求,您明白,这是当然的。"然后,那位女士又向他详详细细描述起饭馆经营的特色家常菜:蟹肉鸡蛋面。不过，她幸好只说了一半没往下说，因为这时她丈夫阿尔曼多又打她的电话了。

他尽量不挨着她身边过，绕过床，坐在另一边，在另一张病床的床头。姨妈并没有在睡，看起来她似乎总在睡，但一听到瑟瑟响声就睁开眼睛。当她看到他来了，就摘掉了吸氧器。她很想让人看到她的身体并没有被疾病摧毁，即使是那样仰躺着，她也能把他从头打量到脚，并很快注意到那根拐杖，也许她从他脸上看到了他的痛苦状，尽管他服过止疼片，剧烈的疼痛已经过去。她问道："你怎么啦？昨天你还好好的。"他说："是今天早上的事，我也不清楚，我跟医生谈了，好像是我的脊椎又出了事，就像去年五月份那样，可能还得拍张新片子，到时候我会去拍的。"她用手指向他，做了个警告的手势："在意大利，只有金融家出了事才会有好的结果。"她喃喃地说道："今天邻床的太太看了一下午的电视，她要求病房配电视，说她有这个权利，因为住病房是付了钱的，他们给了她一副耳机，免得她打扰我。电视里播放到有人采访了电信公司的那位花花公子，他出了事，让公司亏损了好几百万，致使公司宣告破产，可这样一来他自己却得救了。""可惜，我只是脊椎出了事。"他重复道。谈话从嘴巴传到耳朵，开饭馆的太太好多次都差点醒过来，醒了她就会接着往下讲述蟹肉鸡蛋面的菜谱。"你别再来看我了,"姨妈说,"白天黑夜地坐在那张靠背椅子上写东西毁了你,你脊椎又出了毛病,在家里歇几天吧。""你说什么呢?"他说,"对不起,你难道要我按照医生说的那样整天在家仰躺着,却让你独自躺在这张病床上,是不是?待在家里我很沮丧,在这里至少我们可以聊聊天嘛。""你别说傻话,"她说,"聊什么天,我一整天说不上三句话,呼吸接不上。"她微笑了。她脸上的笑容很特别;那种掩饰着痛苦的面容上呈现出的微笑,这种笑容使她恢复了往日的美貌。高高的颧骨,大大的眼睛,似乎她因病痛而显得浮肿的脸庞上出奇地显出当姑娘时的艳丽。在他孩童时,姨妈曾经当过他的母亲,而他自己的亲生母亲却没能抚养过他。他眼前重又浮现出早已淡忘了的形象,当时的情景历历在目,那就是姨妈现在脸上的那种表情,还有她对她姐姐说话的声音:"你别担心,你放心去医院吧,我会把孩子当作自己的孩子来照看的,别的你什么也不用想。"接着恩佐的形象从遥远的岁月里浮现出来,一位法律系颇有见识的大学生,恩佐,如此善良又如此有教养的学生,他大学本科毕业后,本该进入外公的事务所当见习生,因为恩佐本该娶姨妈为妻,而且他还那么胸怀大志,当时大家都那么说。恩佐总是从记忆的枯井深处浮现出来,他似乎见到恩佐挥动着胳膊大声喊着,恩佐,他那么善良,又那么有教养,他大声地朝姨妈喊着,说她疯了:"你疯了,我正在准备国家考试,你却要带着孩子去山里住三个月，那我们什么时候结婚呢？"他重又看到当初自己的模样，一个瘦骨嶙峋的小男孩，已经戴上了近视眼镜儿，当时他不明白，为什么他的左膝总是隐隐作痛，他不愿意去白云山，太远了，而且山上没有他朋友弗朗科跟他一起玩捉强盗的游戏，姨妈突然转过身去，她的声音冷冰冰的又低沉，他从来没有听见过她用那种声调说话："恩佐，你什么都不懂，你是个可怜虫，而且你有点儿法西斯，我听说你跟你的朋友还一直批判我父亲的思想呢；这孩子的一只膝盖有结核病，他需要生活在山上，我自己花钱带他去山上，不花你的钱，要不是我父亲出于怜悯每个月给你钱，你根本没有钱。假如你愿意下决心走开，来个大转弯，现在倒正是时候。"来个大转弯？姨妈可能说出这样的话吗？不过，他耳朵里确实回响着她当时说的话：来个大转弯。

　　下午剩余的时间里那个女人谈及她的胆囊结石。姨妈凑到他耳朵根嘀咕，你瞧，他们还真为了胆囊结石送她上医院住进这个科里治疗，哪里是什么胆囊结石，可怜的女人，然后，她还看了最喜欢看的电视节目《老大哥》，我假装睡觉，于是她摘去耳机，调低音量，不过我还是听得见，我不想喊护士来，你想怎么着，教育民众，这是浪费时间，何况，"这个民族如今有钱了"，这是《老大哥》电视节目告诉人们的，为此他们就选了他，这是恶性循环，谁教育他们，他们就选谁，"你没来得及听完蟹肉鸡蛋面最后怎么做,而我却想知道,她让想吃蟹肉鸡蛋面的顾客掏多少钱呢?五十欧元,而且蟹肉还是速冻的,这是我让她承认的。"姨妈她仿佛不想再说话,把脑袋转向枕头。"费路乔,在没有人听见我说话时,我就想说一些我平生从未说过的,或者很少说过的事,可现在我真想大声地把那些话说出来,要是那个饭馆女老板醒来,也没关系。"他点点头表示认同,还对她眨眨眼睛。"真傻,可怜的女人。"她说道。然而她又说:"大家全都是一帮傻瓜。"她闭上了眼睛。也许她真的睡着了。

费路乔。他想起了费路乔这个名字。姨妈她没有叫过他几次费路乔,在他年幼时叫过,以后就不再那样叫过他。他的舅舅叫费路乔,但大家都不那么叫他,那是户口本上的名字,那些取了而不用的名字,他们那里常常那样,刚出生的婴儿为了纪念长辈,取某位长辈用过的一个名字,然后却叫他另一个名字。人们总是叫姨妈的兄弟切萨雷,有时叫他小切萨雷,也许是姓:费路乔·切萨雷,谁知道啊,但是墓碑上没有切萨雷,只有费路乔。唯一知道她兄弟叫切萨雷却总叫他费路乔的人是姨妈,她兄弟死在墨索里尼的战争中,就是从那个希腊岛上寄来的照片里一位瘦小的军官,他拒绝向德国人投降,一脸正气,一头卷发。他当时学工程学,一九三九年入伍通知书寄到时,姨妈还跟他大吵一架,一旦他向她讲述了实情,她不让他走。"那你要我上哪儿去?"他反驳道。"你疯啦?"她说,"你别为这些蟑螂到后面去打仗,那里尽是些山洞。"不过,一九三九年那会儿,山上还没有任何人,只有野兔和几只狐狸,姨妈总是走在时间的前面,费路乔就这样为元首和国王踏上了征途。

他走近前去抚摸她的脸。她并没有睡:突然睁开眼睛,把一只手指放在他嘴唇上。姨妈的说话声是那么微弱,像是咝咝的风声。她说:"你把扶手椅挪过来,把耳朵凑在我嘴上。但你别以为我快咽气了,我只能这样说话,否则饭馆老板娘会醒来,如果我们打断了她的好梦,她会不安的,会梦见一只海蟹。"他轻声笑了。"你别笑,"她说道,"我想说话,我想跟你聊聊,再说,我不知道是否还有别的机会了。"他点头示意,凑近她耳朵问她:"你想对我说什么?""说说你的童年时代,"她说道,"说说儿时的你,当时你那么小,你还不记事。"这是他没想到的话题。她直觉到了,什么都瞒不过姨妈。"你别感到惊讶,"她说,"没什么奇怪的,你以为你很聪明,但你却没有这样想过,一个人对儿时的记忆,是已经成年的别人才有的,人们不可能有那么遥远的记忆,需要有当时已经长大的人,要是我不对你说,也许你也会记得什么,不过也是一片模糊,就像你做了个梦,却记不清是什么样的梦,这样,你就不会使劲地去回想,因为竭力去回忆一个记不得的梦毫无意义,人的过去也是如此,尤其是遥远的过去。我和你舅舅过去的事情也是这样,我不再想去回忆什么,然而我觉得仿佛就是昨天的事情,虽然已过去八十多年了,因为姥姥在她生命最后的日子里,想起要对我们讲述我还是孩童时,就是我还不知道我自己是谁,我对我自己还没有什么意识时的一些事情,这你从来没想到过吧?"他示意说没有,他从未想到过,并且说:"你愿意跟我谈什么时候的事情呢?""谈谈你五岁的时候,在家里他们都误以为你生下来就弱智,正像幼儿园女老师曾经说过的那样。然而在我看来并非如此,当时你已经学会写你的名字,我教会了你写字母表,而且你一眨眼的功夫就学会了。女老师说:'我在黑板上写字母,我叫他们重复,大家都重复了,可他却一声不吭,只可能有两种情况,要么他智障,自我封闭;要么他是真不懂。'后来我很快明白了问题所在,那是在七月份,我们在佛尔特①度假,海滩上过来一位身上系着白色围裙、臂上挽着篮子的女子,她嘴里喊着:'卖炸糕喽!'我们都待在大遮阳伞底下,当时你想要一块炸糕,而你父亲也正要喊她,可我对你说:'费路乔,你自个儿去买一块吧,我给你钱。'你记得吗?"他什么也没说,径自游荡在记忆中。她说:"你使劲想想啊,看能不能记起来,你坐在一只黑白两色胶底拖鞋

---

① 意大利中西部托斯卡纳地区的小镇,有海滨浴场。

上,那是你父亲用小摩托的轮胎做的,他还在鞋面上粘了用不透水牛皮纸做的鸭脖子,那是他在制作狂欢节花车的商店里找到的,那应该是战祸之后首次在维亚雷乔举行的狂欢节,你整个早上都抱着那只胶底拖鞋,却没有勇气把它放在海水中,你看到你自己了吗?"他仿佛看到了自己,他看到抱着上面粘着鸭脖子的橡胶底拖鞋的一个瘦小男孩,他对爸爸说:"我要一块炸糕。""我看见了,姨妈,"他肯定地说道,"我相信当时肯定我在。""当时我叫你自己去买炸糕,"她喃喃地说道,"因为害怕,你扔掉了怀里的胶底拖鞋,快步奔向海滩上那个穿着白围裙的女子,一位身体壮实的先生待在海滩上,正在显摆他身上的白色浴衣,那人莫名其妙,一把抓住了你,并且傲慢地喊我们,而我对你父亲说,孩子看不清远处的东西,他把那位先生当作卖炸糕的女人了。他近视得厉害,他哪里是什么弱智啊,你们赶紧带他去看眼科医生吧。"

他想起了以往姨妈常用的语汇。她从来不说"一种好玩的游戏",而是说"一种非常好玩的游戏",不说她没给他买本"彩色的"书本,而总是说"五颜六色的"书本,不说因为"天气好"应该去散散步,而是说因为天空"十分晴朗"。同时她又回忆起另一件事情,她在寂静的卧室中喃喃自语,床上放满了各种小玩意儿:瓶瓶罐罐、塑料输液管、扎进胳膊的针头。然后她不吭声了,突然间万籁俱静,城市的嘈杂声像是从另一个星球传到围绕着医院四周的大公园里。在那般寂静中他俯下身体,侧耳聆听她喃喃低语,他腰部的疼痛奇怪地消失了,他听着这微弱的声音,来回游弋在失去知觉的自身前后,像是被线牵着的一只风筝,而他仿佛就坐在风筝上面从高处向下俯瞰:一辆三轮车,一个播放晚间节目的收音机声音,一位众人都在说她在哭泣的圣母,一个"难民家庭"的女孩,她的发辫上戴着蝴蝶结,在地上用粉笔画出的格子里蹦蹦跳跳,嘴里喊着"小房子,一个人,面包,香肠腊肉!"以及别的什么。现在姨妈是在黑暗中说话,因为天花板上的电灯也熄灭了,只剩下那盏浅蓝色的床头灯,以及从门缝里透射进来的那道霓虹灯光。她闭上眼睛,沉默不语,好像精疲力竭了。他在椅子上坐直身子,脊椎上传来一阵像针刺般的疼痛。"姨妈睡着了,"他想,"现在她真的睡着了。"然而,她轻轻地摸了摸他的手,示意让他再靠近她。"费路乔,"他听见她轻声说道,"你记得当时的意大利有多美吗?"

夜晚能是怎么样子的呢。夜晚就是夜晚自己,夜晚是绝对的,它渗透在每个空间,它必需独自存在,就像独自存在的幽灵一样,你知道幽灵就在那里,站在你跟前,也在你身后,无处不在,如果你躲在某个有亮光的小地方藏身,你就会离不开光亮,就像大海围绕着小小灯塔,四周是无法逾越的黑夜。

他本能地把手伸进口袋，抓住车钥匙。钥匙是挂在像蘸蜡火柴盒那样大小的黑色小挂件上面，上面有两个按钮：一个按钮用来启动红色小灯，可以打开或关闭车子，另一个按钮是带有凹形镜的小猫眼，射出一道强烈的荧光。他让白色的荧光直射到地板上。它像一道激光穿过黑暗。那道荧光胡乱地照到他的鞋子上，真奇怪，他从未意识到自己穿的还是那双鞋。"意大利皮鞋吗？"坐在旁边小桌上的女子饶有兴致地望着他的鞋。当初事情就是这样从鞋子开始的。"怎么不是呢？是意大利鞋，太太。"他自言自语道。"手工制作，优质的牛皮，您瞧这鞋面，鞋的质量好坏首先得看鞋面，太太，您摸摸这里，您伸个指头进去，别害怕。""不是我不动心。""你喜欢吗？"①"可一双鞋为什么得穿二十年呢？意大利鞋也一样，二十年下来都成一堆残骸了，旧鞋得扔掉才是。""实际上我是穿着舒服，太太，"他继续自言自语道，"我穿着它们，因为我舒服。您别误以为这鞋后跟已经破损得连鞋边都走了样，那是因为近来我的脚有点肿，尤其是晚上，是血液循环的问题，脊椎盘突出引起我大腿动脉变窄，毛细血管有反应，所以我脚肿，太太。"

他小心翼翼地抬起细长的荧光往上照墙壁，如同一个私人侦探

---

① 原文为英文。

似的在虚无中寻找痕迹，他避开了女病人所占的空间，尤其是她的身躯，把荧光从上往下慢慢地移到床上。他按照顺序来：一，装满乳白色药液的输液塑料袋，连着一根通往胃部的小管子：营养液。二，旁边是藏在床单底下的注射器。三，在水里无声冒着气泡的氧气，现在从她已摘除的呼吸机泄漏出来。四，一只往下倒扣着的白色小瓶子，连着一根绕成圈的小导管，药液在以不变的节奏流进胳膊之前一滴滴地往下掉；那是吗啡。医生们以那种日夜不变的节奏，赋予一个身体一种人为的安宁，否则疼痛就会像一场暴风雨那样席卷而来。他本想避开目光，但做不到，好像单调的输液节奏对他产生了一种魅力，一种催眠状态。他按了按钮，熄灭了荧光灯。然后他似乎听见了滴液的声音，滴液开始发出一种沉闷的声音，像是从地板底下或是从墙壁里发出来的！淅沥，淅拉，淅沥，淅拉……淅沥，淅拉，淅沥，淅拉……这个声音传到他的头颅内，但没有回响，它碰触着脑子，但没有回响，每个声响都特别清晰，就像是清脆的噼啪声，不过，好像是为了马上给下一个声响留出空间似的，每个声响出现后又消失，前后的声响听上去都一样，但它们带着不同的音色，就如同湖岸上开始下雨时，只要你侧耳细听，你就会发现每滴雨水之间发出的声音是不同的，因为云彩凝聚的水滴不全一样，有些水滴大，有些水滴小，如果你侧耳细听：淅沥，淅拉，淅沥，淅拉……它们也这样按不同的音阶发出声响。滴液悄然抵达脑部后，就开始增大强度，以致能听见它们在脑袋里发力，好像头颅不再能容纳下它们似的，然后通过侵袭耳朵，在四周的空间发力，如同疯狂的钟声，洪亮的声波可以一直增大到极致。于是他的身体像是中了魔法似的几乎变成了一块磁铁吸住声波，他听到那声波向他云集而去，但不是往脑袋涌去，而是往脊椎涌去，进入脊椎某个特定的地方，他的脊椎似乎变成了一口带避雷针的电缆在那里发电的水井。而且他也感到就在那个点上，电波一抵达那里，就荡涤着笼罩世界的沉沉夜幕，撕裂着他的真实存在。百叶窗的缝隙开始透出白光。已是黎明时分。

要是我们总做"假设"的游戏呢？从他身旁的桌子传来的一种声音使他回想起来，好像舅舅就躲在那里，在围着咖啡馆大阳台的篱笆后面。这次是舅舅的声音，而且那种游戏就是他发明的。为什么？因为"假设"的游戏能启发人的想象，尤其在某些下雨天里。比如，我们在海边或是在山里也是如此，因为男孩病了，大海抑或山上对他会有好处，否则烦恼起来他的膝盖会更疼。比如在九月份，九月份有时下雨，没关系，待在家里，假如下雨，一个男孩子有很多事情可以做，可是在这样强制性度假期间，尤其在凑合着装修起来租赁的小房子里，抑或在一所公寓房子里，那就很糟了，要是下雨，真会感到郁闷，而且会令他感到忧伤。然而幸好可以做

"假设"游戏。这样,可以施展想象力,谁要是提什么疯狂的假设,就最棒,我的妈呀,笑死人了,你们听听:假如教皇乘飞机在比萨着陆呢?

他要了一杯双倍的蒸馏咖啡。医院附近的公园里逐渐热闹起来:正在交谈的两位穿着大白褂的年轻大夫,上面写着"医院供货"的一辆小卡车在启动,一侧的甬道上来了个身穿天蓝色工作服的男人,拿着一把小笤帚和一个塑料袋,不时停下来捡烟头和树叶。他把折叠的餐巾纸铺在小桌子上,放在咖啡杯一旁,又细心地摊开纸巾以便在上面写字。餐巾纸的一角上印有一个商标:洪都拉斯咖啡。他用自来水钢笔画了个圈。多孔的餐巾纸有点儿吸墨水,但能写上字去:可以尝试。第一句话必然是:假如我出发去洪都拉斯了呢?他数着句子继续写下去。第二句:假如我跳起维也纳的华尔兹舞呢?第三句:假如我上月球吃该隐①的炸糕呢?第四句:假如该隐没做得炸糕呢?第五句:假如我乘坐轮船动身了?第六句:假如轮船已经起航了?第七句:假如听到一声口哨船又返回了?第八句:假如贝塔②嫁人了呢?第九句:假如马耳他的猫演奏钢琴还用法语唱歌呢?

---

① 《圣经》中的人物。亚当的长子,出于嫉妒杀死了兄弟亚伯,上帝判他终身流浪。
② 《圣经》中的人物,是一位圣女。

他像朗诵诗歌似的读完了,很有个性,也许那位问他要过诗篇的太太会喜欢,她曾想把他的诗篇收集到为孩子们编纂的一本文集中去,但那样做不诚实,不能给孩子们看,那只是一首诅咒派诗歌①。但孩子们喜欢诅咒派的诗,重要的是得说傻话,而且有人那样做是出于内心忧伤,孩子们是不会察觉的。"我给他打电话。"他自言自语地说道。无须用手机,再说他从来没有过手机:离咖啡馆两步远的地方有个电话亭,而且桌上有找回的钱币,挺诱人。当然不是那么容易自圆其说的,得把要说的话想周全了,就像女教师在课堂上要布置作文似的,因为假如把要说的话先想好就有救了,即使表达得并不好。也许在进入话题之前得用一种密码,某种能与时间相呼应的暗号,就像战壕里换岗的哨兵用的一种口令似的。他想到了:守株待兔。②对方肯定会明白。然后他会回答:我知道这个时候不能去吵醒别人,何况是三年没有与其通过电话的人,可事实上我是躲入了丛林。"守株待兔。"他又想到:我早就想写一部厚厚的小说,这么说吧,就是那部大家都期待的小说,因为可以肯定,迟早出版商和评论家们都会说故事十分精彩,那两部畅销书,甚至那部臆造的日记,也是一流的文章,毫无疑问。而小说呢?什

---

① 指喜欢说"该死、见鬼"等词汇的兰波、魏尔伦等诗人写的诗。
② 原文直译为:"待在这里,慢慢地会有一只发疯的野兔从这里经过。"

么时候给我们写小说呢？大家都盯着小说，我也盯着，而为了写出大家都期待我写的小说，那肯定得是你的杰作，你知道那得有合适的氛围和合适的地方，而合适的地方谁知道该到哪里去找，因为人们自己待着的地方从来都不合适，就这样，我就躲入丛林，寻找一个适合我写出杰作的地方，我说明白了吗？"守株待兔。"安格瑞德在哥德堡，她去找我们的女儿，你是否知道她在哥德堡结婚了，她回到了她出生的故乡，何况她待在那儿比在这里守着一个将要寿终正寝的人要好，不过，这我以后再给你解释，不，还是马上跟你解释，我在我生活过的城市的一所医院里，我在我自己的位置上，不，不，我挺好，当然，我很想见到你，我进入正题吧，因为我的电话不是别的，就是一位无线电报务员的呼救，他关上了无线电，并非因为刮起了大风暴，我四周其实也许是令人难以置信的风平浪静，连要跨越的阴影线也没有，阴影已经跨越多时了，只是船体搁浅在一堆沙子上面。"守株待兔。"我的姨妈快要死了，顺便说一句。她是我的姨妈，不是你的姨妈，我们各自有自己的母亲，而我们的父亲没有姐妹，所以姨妈是我的，不过我不是为了这个给你打电话，事实上我是想至少给你读一段小说，这是我在这沉默的三年中写就的，目的是让你对我所付出的努力有个概念，我肯定你会明白的，因为我没有再露过面，你在听着吗？他这么说：假如我出发去洪都拉斯呢？假如我跳起维也纳的华尔兹舞呢？假如我上月球吃该隐的炸糕呢？假如该隐没做炸糕呢？假如我乘坐轮船动身了呢？假如轮船已经起航了呢？假如听到一声口哨船又回来了呢？假如贝塔嫁人了呢？假如马耳他的猫弹奏钢琴还用法语唱歌呢？这只猫对我来说比塞尔基奥河①对卢卡人来说更有价值，你喜欢吗？

他手里拿着钱币待在那里望着电话亭，说起来容易，做起来难，他要做的，就是说："你听我说，我回来了，我在这里的医院里，不，我身体挺好，准确地说，不是特别好，只是这三年的时光重合在一起了，好像仅仅只有一天，抑或说只有一个晚上了。我知道，我说不清楚，我尽力说得更清楚些，你想一想塑料瓶子，就是装矿泉水的塑料瓶子，只要装满了水，瓶子就有意义，当你把水喝完了，你可以把瓶子卷起来然后把它扔掉。我身上发生的事情就是这样，我把时光卷了起来，人体的脊椎似乎也是这样，如果我能这样说的话，我知道我是在东拉西扯，但我不知道怎样更好地表达，你就耐心点儿吧。"而正当他想到了那个似乎可以作为一种解释时，他发现离咖啡馆不远的地方有一个低矮的医院分楼，从楼房那扇似乎是从里面打开的玻璃门里，走出来一位穿着白衣的女护士，

---

① 意大利托斯卡纳地区的河流，长一百一十一公里，流经卢卡城，流入第勒尼安海。

她推着一辆轮椅。她身后掩上的门上，有一块用三根桩子支撑着的黄色牌子，像立地电扇似的。女护士缓步前行，因为从医院的分楼到咖啡馆的花园小径是坡度不大的上坡路，轮椅里坐着的是一个小男孩，至少他从远处看过去那像是一个小男孩，因为他没有头发，不过，当他们逐渐靠近时，他明白那是个女孩子。她脸上的线条轮廓也不是男性的，虽然是一张小孩子的脸，因为十一二岁的男孩子已经是能够分辨出性别来的，这样，一眼就能看出那孩子，就是那个女孩子的年龄。她的声音也是女的，因为到了那个年龄，声带是很不一样的，她跟推着轮椅、上了岁数的女护士在说话，不过，从他这儿听不清她们在说些什么，只能听见说话声。他手里拿着钱币冲着电话机站了起来，不，他是差点儿站了起来，因为他站了一半就动不了了，就像头天他从床上下地时那样，腰部脊椎的疼痛又像剃须刀扎入那样一直反射到小腹部。就像他特别喜欢的画家蓬托尔莫①笔下的那个人物形象，脸上流露出那种对痛苦的惊诧神情，似乎是他而不是画家笔下的人物在承受磨难。女孩子和女护士两人的声音还是微弱得难以辨认，但那是快乐的声音，这从她们的声调中可以听出，仿佛是鸟儿的啾鸣，就像小麻雀相互在倾诉些什么。

---

① 雅各布·卡鲁奇·蓬托尔莫(1494—1556)，意大利画家，作品标新立异，甚至不惜违反常规，开启了样式主义的倾向，是佛罗伦萨画派后期代表人物。

他闭上了眼睛,而那啁啾声变成吱吱的尖叫声,因为这令他想到关在笼子里相互说话的老鼠,就是科学家用来做实验的白色小豚鼠,两只用来做所谓生命科学试验的豚鼠,那是所有的科学中最折磨人的科学,一个在过早地蒙受痛苦,另一个岁数大的经受住试验而延续着生命。她们悄声无语了,因为那个推轮椅的护士挺费劲的,小女孩不想让她太累,但她们刚一进入小径的弯道,小女孩又说起话来,当然是在回答女护士刚才跟她说过的什么话,从声音的语气听来,可以明白那是她的一种认定,一种任何人都不可收回的庄重的认定,她的声音很快乐,充满了生命力,如同生命通过声音固执地在认定自己。小女孩就在人们从她身旁走过时重复了那句话,说话时她还露出宽厚的微笑:"这可是世界上最美好的东西!这可真是世界上最美好的东西!"

甬道继续往下通向坐落在公园中间的一个诊所。她们不说话了,但他听得到轮椅的轮子碾压在砾石上的声音。他原本想转过身去,但没能做到。世界上最美好的东西。一位坐在由女护士推着的小轮椅上的秃头小女孩是这么说的。她知道什么是世界上最美好的东西。可是他并不知道。到了他那样的年龄,凭借他所见所闻的一切,难道他真不知道什么是世界上最美好的东西吗?

# 云　彩

"你整天待在阴凉的地方，你不喜欢游泳吗？"小女孩问道。

男子模棱两可地略略点头，像是肯定，也像是否定，但他什么也没说。

"我可以用'你'来称呼你吗？"小女孩问道。

"如果我没搞错的话，你已经在用'你'来称呼我了。"男子微笑着说道。

"在我们班上，我们称呼成年人也用'你'，"小女孩说道，"有些老师允许这样称呼，可我的父母亲不许我这样，他们说这样没教养，您觉得呢？"

"我想他们是有道理的，"男人回答说，"不过，你可以用'你'来称呼我，我不会告诉别人的。"

"你不喜欢洗海水澡吗？"她问道，"我觉得游泳别有情趣。"

"别有情趣？"男子反问道。

"我的女老师给我们解释过,不能用'十分惬意'来形容任何东西,但在某些时候可以说'别有情趣',我本来是想用形容词'十分惬意'的,我觉得在这片海滩上游泳别有情趣。"

"噢,我赞成你的意见,"男子说道,"在我看来,游泳也是很惬意的,甚至是别有情趣的。"

"晒晒太阳也很惬意,"小女孩继续说道,"开始几天我得用四十级防护,然后用二十级防护,现在我可以用金色防晒护肤霜,它能使得皮肤如同金色的稻草闪闪发亮,您看见了吗?可您为什么这么白?您来这里一个星期了,而却总在大遮阳伞底下,您也不喜欢阳光吗?"

"我很喜欢阳光,"男子说道,"我发誓,我觉得晒晒太阳是很惬意的。"

"您是怕晒伤皮肤?"小姑娘问道。

"你说呢?"男子回答说。

"我想您是怕晒伤,但是一个人如果不慢慢地开始晒,皮肤就永远晒不黑。"

"是的,"男子认可道,"我觉得你的话很有道理,不过,你觉得非得把皮肤晒黑不可吗?"

小姑娘考虑了一下。

"非得晒黑倒不必,没有什么是非做不可的,除非是不得不做的事情，可是如果一个人到海边来，不洗海水澡，也不晒太阳，那他到海边来做什么？"

"你知道吗？"男子说道，"你是一个有逻辑头脑的女孩子，你有逻辑天赋，这很珍贵，在我看来，如今的世界已经失去了逻辑，能遇上一位有逻辑头脑的女孩子，真是一件快乐的事情，我能跟你认识一下吗？你叫什么名字？"

"我叫伊莎贝拉，我的那些最要好的朋友都叫我伊莎贝尔，重音落在'贝'上面，不像意大利人，他们把重音落在'伊'上面。"

"为什么？你不是意大利人吗？"男子问道。

"我当然是意大利人，百分之百的意大利人，"她否认道，"不过，我挺在乎朋友们给我取的名字，因为在电视里，人们老是叫马努埃尔，或者叫塞巴斯蒂安。我跟您一样，是个地地道道的意大利人，也许比您更像意大利人。我喜欢语言，我能背诵意大利国歌《马梅利颂》，今年，共和国总统来我们学校参观过，并跟我们讲了《马梅利颂》的重要性，那是我们意大利的象征，我们国家花费了很多时间才实现统一，我就不喜欢那位想废除《马梅利颂》的搞政治的先生。"

男子什么也没说，他眯缝着眼睛，光线很强烈，蔚蓝的海水和天空浑然一体，似乎把地平线吞噬掉了。

"也许您不明白我指的是谁。"小女孩打破了寂静说道。

男子不再说话,小女孩似乎迟疑了,她用一个指头在沙滩上乱画一气。

"我不希望您赞同他的意见,"然后她似乎鼓起勇气来继续说道,"在家里他们总是教育我要尊重他人的意见,不过,我不喜欢那位先生的意见,我说清楚了吗?"

"十分清楚,"男子说道,"是要尊重他人的意见,但也不能不尊重自己的意见,尤其不能不尊重自己的意见。你为什么不喜欢那位先生?"

"哦,是这样的,"伊莎贝拉显得很犹豫,"除了他在电视里说话时嘴角泛白沫之外,这也许可以忽略不计,他还经常说很多脏话,这我亲耳听到过,我就纳闷儿,假如他可以说脏话,为什么我说脏话时,人们就斥责我?不过,幸好共和国总统比他重要,否则就不是共和国总统了,而总统对我们解释说,我们要珍视《马梅利颂》,举行世界锦标赛时,运动员们手按在胸前把它当国歌来唱,在学校里我们跟总统也一起唱过,我们按照女老师分发的影印件唱,而总统却能背出来,我觉得他十分可亲,你不觉得吗?"

"的确很不一般。"男子认同地说。他在躺椅旁的袋子里翻寻,取出一个小玻璃瓶,往自己嘴里放入一颗白色的药片。

"我是不是说话太多了?"她问道,"在家里,大家都说我话太多，会让人感到烦，我让您烦了吗？"

"一点儿都不烦，"男子回答道，"你说的那件事情确实非同一般，你尽管继续吧。"

"然后，总统给我们上了一堂历史课，因为您知道，学校里是不学现代史的，到中学三年级，最优秀的老师可以讲到第一次世界大战，否则就讲到加里波第和意大利统一为止，可我们却学了一大堆现代的东西，因为女教师非常优秀，功劳应归于总统，因为是他'输入'①的。"

"他怎么啦？"男子问道。

"人们是这么说的，"伊莎贝拉解释道，"这是个新词，意思是一个人开始带动别人，如果您愿意，我给您重复一遍我所学到的事情，的确是很少人了解的一大堆事情，您想知道吗？"

男子不回答，他闭着眼睛，全然一动不动。

"您睡着啦？"伊莎贝拉用胆怯的声调问道，像是抱歉似的。

"请您原谅，也许我一个劲儿地唠叨催您入睡了，也因为这样，我父母亲不愿意给我买手机，他们嫌我话太多，到时候他们要缴纳的电话费会是一个天文数字，您知道，我们家里不允许不必要的花费，我父亲是建筑师，但他为市政府工作，而一个为市政府工

---

① 原文为英文单词 input。

作的人……"

"你父亲是个幸福的人。"男子闭着眼睛说道。

现在他低声说道,像是在喃喃自语。

"不管怎么样,"他继续说,"建造房子的职业十分美好,比毁坏房子的职业要好得多。"

伊莎贝拉惊讶地喊出声来。

"我的上帝啊,"她大声说道,"这世上还有毁坏房子的职业?这我不知道,学校里不学这个。"

"总而言之,"男子说道,"毁掉房子可真不是一种什么职业,人们可以从理论上学习,就像在军事学院一样。不过,到一定的时候某种知识是要应用到实践中去的,而归根结底,目的就是摧毁房子。"

"可您是怎么知道的呢?"伊莎贝拉问道。

"我知道,因为我是个军人,"男子回答说,"或者说,我曾经是个军人,这么说吧,现在我退役了。"

"那么说,您曾经破坏过房屋?"

"你不是用'你'称呼我吗?"男子反驳道。

伊莎贝拉没有立刻回答。

"那是因为我生性胆怯,尽管看不出来,因为我说话太多,忘了,刚才我问过你,以前你破坏过房子吗?"

"我个人没有，"男子说道，"我的士兵们也没有。坦诚地说，我履行的是维护和平的战争使命，解释起来有点儿复杂，尤其在今天这样的日子里。不过，伊莎贝尔，我想跟你说一件事情，你在学校里也许从未有人对你说过，说到底，历史综括起来就是这样：有人像你父亲那样以建造房子为职业，也有人像我一样以破坏房子为职业，几个世纪以来，事物就以这种方式向前推进，有人建设，有人破坏，建设好了，破坏掉，又建设好了，再破坏掉，有点儿烦人，你觉得呢？"

"太烦人了，"伊莎贝拉回答道，"真太烦人了，如果不是为了理想。幸好还存在理想。"

"当然，"男子认同地说，"幸好历史上存在过许多理想，是总统告诉你的还是女老师告诉你的？"

伊莎贝拉似乎在思索。

"现在我不太清楚是谁说的了。"

"但愿是总统给你们的'输入'，"男子说道，"你能说说那些理想吗？"

"只要是人坚信的理想，都是值得尊重的，"伊莎贝拉回答说，"比如说，祖国的理想，而且即使因为年轻而搞错了，不过，要是他坚信不疑，理想就是值得尊重的。"

"啊，这是我应当认真思索的事情，"男子说道，"不过今天不是考虑问题的日子,天气那么热,我觉得大海非常诱人。"

"那你就洗个海水澡吧。"她鼓动他说。

"我不太想洗海水澡。"男子回答说。

"那是因为你没有动力,在我看来,你的生活节奏过于紧张了,你难以想象生活紧张给我们精神上所造成的负面效应,这我在一本书上读到过,那是我母亲放在床头柜上的书。你想不想到旅馆的酒吧喝点什么,解除一下精神上的疲劳?只要不是可口可乐,那我是坚决不喝的。"

"这你得给我解释为什么,你真得给我解释。"男子说道。

"因为可口可乐和麦当劳会毁灭人类,"伊莎贝拉说道,"这大家都知道,连学校里的工友都知道。"

男子在那只包里掏了掏,又取了一片药片。

"你要服多少药啊!"伊莎贝拉惊叫道。

"我有服药时刻表,"男子说道,"是药方上给我规定好的。"

"在我看来,这些药片对你很有害,"她坚定地说道,"意大利人服用一大堆的药片,电视里也是这么说的,而重要的是,要用宇宙中正面的能量来协调我们的精神,因此,某些食物和某些饮料得避免,因为它们不是自然的东西,释放负面的能量。我说清楚了吗?"

"伊莎贝尔，我可以对你说句心里话吗？"

男子把一块手绢放在额头上。他在出汗。

"从来没有人把可口可乐和麦当劳带到奥斯维辛去过，就是有人在学校里可能对你谈到过的那些纳粹死亡营，但是有人把理想带到那里去了。伊莎贝尔，这你从来没有想到过吧？"

"可那是纳粹分子，特别恐怖的人。"伊莎贝拉反驳道。

"我完全同意你的意见，"男子说道，"纳粹的确是特别可怕的人，不过，他们也曾有过一种理想，他们发动了战争，把他们的理想强加于人。从我们的观点来看，那是一种邪恶的理想，但在他们看来并不是，他们坚信那种理想，所以要当心自己信奉的理想，伊莎贝尔，你说呢？"

"我得想一想，"小女孩回答说，"或者我吃午饭时再想想，已经十二点半了，过一会儿就开午饭了，你不来吗？"

"也许我不去吃午餐了，今天我没有什么胃口。"男子说道。

"对不起，我又得说你，依我看，你服用太多的药，跟服用太多药的所有意大利人一样。"

"可你究竟是不是意大利人呢？"男子坚持问道。

"你已经问过我了，我已经回答过你，"小女孩生气地反驳道，"我是正宗的意大利人，也许比你更正宗，反正，如果你不来用午餐，有些东西你就吃不着了。今天旅馆里有牛肉，净让我们吃那些克罗地亚的食物，现在终于让我们吃上爆炒牛肉片了，说实在的，菜谱上还把'爆炒牛肉片'几个字拼写错了，反正应该是我们的爆炒牛肉，某些时候在国外得宽容别人拼写上的错误，不过，对不起，请问你为什么服用那么多药片呢？你不会像那些上迪斯科舞厅的人一样服药上瘾了吧？"

男子没有回答。

"行了，你告诉我吧，"小姑娘坚持问道，"我不会对别人说的。"

"我是诚实的人，"男子说道，"我不是上迪斯科舞厅吃药上瘾的那种人。药是医生给我开的，是合法的药品，但服用后倒胃口，就是这样。"

"这药会让你呕吐，"伊莎贝拉说道，"我已经发现了，昨天你来吃午饭时，突然站起身跑到洗手间去，回来时你脸色刷白，像个死人，照我看，你是去呕吐了。"

"你猜中了，"男子说道，"我就是去呕吐了，是药物反应。"

"那你干吗还服药呢？你别再吃那些药了。"她下结论说。

"符合逻辑的说法，就是服用这些药，既对我有好处，又对我有害，也许这些药片就如同人类的理想，要看你让谁服用了。我不强迫他人服用这些药，我不害别人。"

小姑娘继续在沙地上乱画一气。

"我不明白,"她说道,"有时候,很难理解你们这些大人。"

"我们成年人很愚蠢,"男子说道,"我们往往都是愚蠢的。不过,有时候真就得服用这些药片,这跟是不是意大利人没有关系。不过,伊莎贝尔,你说你是地地道道的意大利人,你告诉我,你是在哪里出生的?你看,这并不什么重要的问题的,比如我吧,我就出生在一个地图上找不到的地方,因为现在大家用另一种名字称呼它,不过,我是意大利人,而且我是,或者说曾经是意大利军队的一位上尉军官,而要想当意大利上尉军官,就不可能是外国人,你认为这符不符合逻辑?"

伊莎贝拉低头认同。

"那你是哪里出生的?"她问道。

"在他们现在臆造出来的一个郡县,你知道沃尔特·迪士尼①吗?"

小女孩两眼闪闪发光。

"我小时候看过他导演的所有电影。"

---

① 沃尔特·迪士尼(1901—1966),美国著名动画片导演和制片人,迪士尼公司创始人。

"对了,是一个这样的地方,一个童话里的国家,全是水晶玻璃建造的,不过那是一种普通的水晶玻璃,实际上是在意大利北方,就像托斯卡纳在意大利中部,西西里岛在意大利南部一样。然而,如今地理位置是次要的东西,历史也是如此,更甭说文化了,如今有价值的是寓言故事,不过,由于成人不仅愚蠢,而且还很复杂,我不想把事情搞复杂了,言归正传,回到我刚才问你的问题,你在哪里出生的?"

"在秘鲁的一个小村庄,"伊莎贝拉说道,"不过,从我父母亲收养我之后,我很快就成为意大利人了,正因为这样,我觉得自己跟你一样是意大利人。"

"伊莎贝尔,"男子说道,"实话实说吧,我早就明白你不是雅利安人,不像我,再说我是白人,白得跟死人似的,这是你自己说的,而你的肤色略呈褐色,你不是纯雅利安人种。"

"这话什么意思?"小姑娘问道。

"这是不存在的一个人种,"男子回答道,"是一些伪科学家发明的名字,不过,你知道,倘若世界大战被那些拥有这种理想的人打赢了,你现在就不会在这里了,甚至,就根本不会有你的存在了。"

"为什么?"伊莎贝拉问道。

"因为那些不属于雅利安人种的人,当时就没有权利存在,亲爱的伊莎贝尔,而跟你一样皮肤稍黑的人,其实稍黑的皮肤真的很好看,特别是现在晒成古铜色的那种皮肤,他们会将这些人……"

"会将他们怎么样?"她问道。

"不说了,"男子说道,"这是一件复杂的事情。在今天这样的日子里,不值得将我们的生活搞得太复杂,吃午餐之前你为什么不去洗个海水澡呢?"

"我晚些时候去洗也行,"伊莎贝拉回答说,"现在我也不想去洗了;不过,对不起,上星期我看见你总待在这大遮阳伞底下看书,我就想到,你一定能给我解释我无法弄明白的一些事情,我曾想,我跟你可以进行一番有意思的谈话,跟大人沟通可真难啊,可结果比以往更糟糕,我们已经聊了半个小时了,说实在的,我觉得你有点儿不靠谱,什么不存在的国家,什么毁坏房子的那些人,还说你打过仗,不过是为了和平,我觉得你头脑里一笔糊涂账,而且,我不明白你所谓的职业究竟是什么。"

"那就要看那些轮流毁坏房子的人了,"男子回答道,"这是一种为维护和平的战争使命,而这正是在这里曾经发生过的事。"

"就在这海滩上吗?"伊莎贝拉问道,"很抱歉,可不客气地说,我觉得这似乎不可能。"

男子不回答。伊莎贝拉站起身来,双手插在腰间,望着大海,她很瘦小,午间紫色的阳光映照出她那娇小的形象。

"我认为,你是因为不吃东西才会说这些古怪的事情,"她说话的声音中略带高傲,"不吃东西会让人说些稀奇古怪的事情。你失去正常思维了,恕我直言,这里有一流的旅馆,价格昂贵,因为我看到了价目表;这些事情你是不能说的,你心血来潮,不吃饭,不晒太阳,不洗海水澡,我看你有问题,也许你得吃点儿什么东西,或者喝杯鲜美的果汁,如果你需要,我替你去拿。"

"如果你真是那么热情,那我就想喝杯可乐,解解渴。"男子说道。

"我想真诚待你,可是你显得不够真诚,"伊莎贝拉肯定地说,"首先你得给我解释,如果这里真打过仗,为什么你偏偏到这里来度假?而且房屋都被破坏了,而当时你却在一旁观看,这会是真的吗?"

"这里是有过战争,只是当时没有人愿意正视,现在也没有人愿意,你知道,人们不想知道在度假胜地原先有过战争,因为如果人们这样想,就会毁了度假的兴致,你明白其中的逻辑吗?"

"那么,你为什么也到这里来呢?我这个问题也合乎逻辑,如果你不介意的话。"

"可以说是士兵的休假吧,"男子说道,"尽管士兵不发动战争,其实士兵就是士兵,而士兵是应该在曾经打过仗的地方找到安息之地的,这是至理名言。"

伊莎贝拉仿佛在思索。她跪在沙滩上，一半身子晒着太阳，一半身子在阴影中，她纤瘦稚嫩的身躯上穿着一件比基尼泳衣，露着上半身，她瘦削的双肩战栗着，像是在哭泣，但她并没有哭，似乎是着了凉，她把双手伸进沙子里，脸低垂在双膝上。

"你别担心，"她低声说道，"以往我这样做时，大家都会担心，但这只是发育期小小的心理危机，我有发育阶段的问题，心理学家这么说过，我不知道你是不是明白。"

"如果你把头抬起来，也许我会更明白些，"男子说道，"我听不清你的话。"

小姑娘抬起了头，满脸通红，眼泪汪汪。

"你喜欢战争吗？"她低声道。

"不，"他说，"我不喜欢战争，你呢？"

"那你干吗去打仗？"

"我对你说了，我没打仗，我只是参加了，可我也问过你一个问题，你喜欢战争吗？"

"我憎恨战争，"伊莎贝拉大声说道，"我憎恨战争。可你跟所有的大人说话时一样，令我产生发育期心理障碍，因为去年我可没有什么发育期心理障碍。而且在学校里他们给我们讲了各种类型的战争，好的战争和坏的战争，我们就战争问题还做过三篇作文，在那以后我才出现发育期心理障碍。"

"你有得是时间解释,"男子说道,"你慢慢说好了,反正爆炒牛肉片他们会放在微波炉里保温的。我都没问你上几年级。"

"我上完了初中一年级,读完三年级以后,我将去上高中,那样我就也可以学希腊语了。"

"太好了。不过,这跟你的青春发育期心理障碍有关系吗?"

"也许没有任何关系,"伊莎贝拉说道,"今年我们学了恺撒大帝,也学过一点儿希罗多德①,首先如果战争能维护和平,这就是历史的课题了,我说清楚了吗?"

"你再说清楚点儿。"

"我的意思是,可惜有时候战争是必要的,战争有时能够给一些缺乏公道的国家带来公道。不过,有一天,有两个小孩子来自那些没有公道的国家,被收留在我们城市的医院里治疗,我们班的学生,就是我和西蒙内和萨曼塔赫,班上最优秀的学生,给他们送去了点心和水果。你知道吗?"

"你继续说下去。"男子说道。

"穆罕默德跟我的年龄差不多,他的妹妹比他小,不过她的名字我记不得了。可是当我们走进医院病房时,见到穆罕默德没有胳膊,而他的妹妹……"

---

① 希罗多德(公元前484—公元前430),古希腊历史学家。

伊莎贝拉中断了没说下去。

"他妹妹的脸……"她低声说道,"跟你说这种事情,我真害怕会又出现发育期心理障碍。陪伴他们的是他们的奶奶,因为他们的父母亲都被炸弹炸死了,房子也炸毁了。就这样,我端着的盘子掉落在地上,上面放着猕猴桃和巧克力奶油冰淇淋,我哭了,后来我就出现发育期心理障碍了。"

男子什么也没说。

"你干吗不说话?你像是心理医生似的,光听我说,自己却什么都不说,你倒是跟我说点什么呀!"

"在我看来,你不必太担心,"男子说,"发育期心理障碍我们人人都有,每个人表现的方式不同。"

"你也有过?"

"这我可以向你保证,"他说,"不管医生们怎么认为,我觉得自己现在有严重的发育期心理障碍。"

伊莎贝拉看了看他。她终于双腿交叉坐了下来,显得比较放松了,不再把双手埋在沙子底下。

"你在开玩笑。"她说。

"我绝对没开玩笑。"他回答道。

"可你多大年纪啦?"

"四十五岁。"男子回答说。

"跟我父亲一般岁数。你这个年龄的人出现发育期心理障碍已经晚了。"

"绝对不晚,"男子反驳,"人的进化发育永远不会结束,我们的生命始终在演变。"

"不要用'演变'这个动词,"伊莎贝拉说,"应该说'进化'。"

"你真棒,不过,生物学中有这个术语。反正每个人在发育过程中都会有心理危机,你的父母亲也有。"

"你是怎么知道的?"

"昨天我听到你母亲在手机里跟你父亲说话,"男子说道,"显然,他们正处在发育期的心理危机之中。"

"你是个大密探!"伊莎贝拉惊叫道,"不能偷听别人谈话的。"

"很抱歉,"男子说道,"你的遮阳伞离我的只有三米远,你母亲像在自己家里那样大声说话,难道你要我堵上耳朵不成?"

伊莎贝拉又哆嗦一下,耸了耸肩膀。

"因为他们不在一起生活了,"她说,"所以我归我妈妈抚养,弗朗切斯科归我爸爸,'一个人抚养一个孩子,这样公平。'法官是这么说的。弗朗切斯科是在他们没想到再会有孩子的时候出生的,不过,我对弗朗切斯科可好了,我对别人都没有这么好,夜里我真想哭，不过妈妈夜里也哭，我听见她哭了，你知道为什么吗？因为她和爸爸之间存在思想意识上的分歧，他们是这么说的。你明白吗？"

"怎么不明白，"男子说道，"这是正常的事情，人与人之间都会存在思想意识上的分歧，你不要在意。"

伊莎贝拉又把双手伸进沙子底下，但她显出一种调皮的神情，哈哈笑了。

"你很精明，"她说道，"你还没有告诉我，为什么你整天躲在遮阳伞底下，你对我了如指掌，却闭口不谈你自己。你为什么跑到海边，整天待在躺椅上服用药片？"

"好吧，"男子低声说道，"用最简单的话说，我是在等着贫铀产生的反应，这得耐心等待。"

"什么意思？"伊莎贝拉问道。

"说来话长，反应就是反应，要知道结果只能等待。"

"你得等很久吗？"

"已经不会很久了，我想。还得一个月左右，兴许不到一个月。"

"你这样整天待在遮阳伞底下干什么呢？你不烦吗？"

"一点儿都不烦，"男子说道，"我在实践 Nefelomanzia 的技能。"

女孩子睁大眼睛，做了个怪脸，然后微笑了。那是她头一回真的笑了，露出细小的白牙，牙齿上面装着一根金属细丝。

"是一种新发明吗？"

"哦，不，"他说道，"这是一种非常古老的技能。你想想，斯特拉波①谈论过它，是有关地理的。不过，你将来读高中时才能学到斯特拉波，初中最多学一点希罗多德，就像今年跟你的地理女老师学的那些。地理是一门十分古老的学科，亲爱的伊莎贝尔，它一直就存在着。"

伊莎贝拉疑惑地望着他。

"这是什么样的技能啊，叫什么来着？"

"Nefelomanzia，"男子回答说，"这是一个希腊名词，'nefelo'是云彩的意思，'manzia'就是猜测。'Nefelomanzia'就是通过观察云彩，或者说通过云彩的形状来预测将来的技能，因为这种技能中，云彩的形状是根本的，而我就是为了这个才来到这海滩上度假，因为我在航空部队里一位从事气象工作的朋友肯定地对我说过，在地中海只有这片海岸上空的云彩能瞬间在地平线上形成各种形状。云彩如何形成，就会在瞬间如何消失，而一个真正的云彩观察家就应该趁着风儿还未把云彩吹散，变成清澈透明的空气，

---

① 斯特拉波（约公元前63年—24年），希腊历史学和地理学家。

变成蔚蓝的天空之前，在一瞬间看懂某种云彩的形状预示着什么。就是这样，它们怎么形成的，怎么会一瞬间消散，而一个真正的云彩观察家正是在那一瞬间施展他的技能，解读出某种云彩在被风驱散之前，或变成透明的空气和天空之前所呈现的形状。"

伊莎贝拉站起身来，机械地抖掉瘦小双腿上的沙子。她拢了拢头发，朝男子怀疑地扫视了一眼，不过她的目光中充满了好奇。

"我给你举个例子，"男子说道，"你坐在挨着我的躺椅上观察天边的云彩，在云彩消逝之前你得坐着，好好集中注意力。"

他的手指指向大海。

"你看到那朵白色的小云彩了吗？在那边，你顺着我的手指往右朝靠近山岬的地方看。"

"我看到了。"伊莎贝拉说道。

那是一堆在空中旋转的小云团，很远很远，在蔚蓝的天空中。

"你好好观察它，"男子说道，"而且好好思索一下，通过对云彩的观察预测未来，就得有一种敏锐的直觉，但思索是必不可少的，你要盯着它看。"

伊莎贝拉把一只手放在前额的帽檐上。男子点燃一支香烟。

"抽烟对身体不好。"伊莎贝拉说道。

"你别管我在做什么，你要注意观察那朵云彩，这个世界上对身体有害的东西太多了。"

"云彩向两边伸展开了,"伊莎贝拉大声说道,"它们像是长了翅膀。"

"蝴蝶,"男子很在行地说道,"毫无疑问,蝴蝶状的云彩只有一种解读。"

"也就是?"伊莎贝拉问道。

"有思想意识分歧的人将会消除隔阂,分离的人将重新结合在一起,他们的生活将会像蝴蝶翩翩起舞那样美好。斯特拉波主要著作①第二十六页。"

"那是什么书啊?"伊莎贝拉问道。

"斯特拉波的主要著作,"男子说道,"这是书的题目,可惜从来没有人把它翻译成现代语言,在大学最后一年才学这部作品,因为只有用古希腊语才能读懂。"

"为什么从来没有人把它翻译出来呢?"

"因为现代语言太仓猝了,"男子回答说,"因为急于交流而变得很概括,这样就缺少分析,比如,古希腊语中动词变位的结尾是双数的,而我们只有复数,当我们说'我们'的时候,现在就是指我和你,我们也可以指许多人,但古希腊人表达得不是那么确切,如果那个事情就是我和你两个人在做或在说,他们用的是双

---

① 指斯特拉波《历史回忆录》片断。

数。比如，通过观察那朵云彩预示未来，只有我和你在做，只有我们两个人知道，因此他们就用双数。"

"太有意思了。"伊莎贝拉说道。她发出一声尖叫，把手放在嘴上。"你看那边，你看那边！"

"那是卷云，"男子解释说道，"一种刚形成的十分美丽的小卷云，它很快就会被天空吞噬。普通人会误把它看作是一朵雨云，但卷云就是卷云，我们为它们感到遗憾，卷云的形状只有一种含义，那是其他云彩所没有的。"

"也就是？"伊莎贝拉问道。

"这得看形状，"男子说道，"我要你自己来解读它，否则我们算什么预测未来的云彩观察家啊？"

"我觉得它在变成两朵云，"伊莎贝拉说道，"你看，它真的分成两朵云彩了，它们像是两只并排挨着疾步行走的小绵羊。"

"两只呈羔羊形状的卷云，这也没有任何歧义。"

"我可真不明白。"

"很简单，"男子说道，"羔羊的神话本身代表了人类的进化，斯特拉波在其主要著作中第三十一页上说的，你好好看，当卷云分成两朵的时候，就意味着有两场战争平行地在进行着，一场是正义的战争，另一场是非正义的战争，但不可能把它们分辨清楚，何况我们对战争不太感兴趣，重要的是要明白两种战争会有什么结果,它们的前景会怎样。"

伊莎贝拉看了看他,像是在急迫地期待回答。

"一种可悲的结局,我可以肯定地回答你,亲爱的伊莎贝尔。"

"你那么肯定吗?"她问道,声音里带着焦虑。

"这得由你来告诉我,"男子喃喃地说道,"现在我闭上眼睛,你得解读云彩,你看着云彩,耐心地等待,但要尽量抓住瞬间,否则你会来不及的。"男子闭上眼睛,伸开双腿,把帽子扣在脸上,一动不动地待着,像是睡着了。也许过去了一分钟,好像更久一些。海滩上一片寂静。沐浴海水的人都抵达了饭店。

"卷云正在变成一条破碎的丝巾,"伊莎贝拉低声说道,"就像飞机航行的尾迹,散成了几缕丝条,现在几乎都看不见了,真奇怪,我几乎看不见它们了,你也快看看。"

男子一动不动。

"不必看了,"他说道,"斯特拉波在其主要著作第二十四页上说过,他不会搞错,这是两千年之前他对任何一场战争结局的预言,只是至今没有人好好读过它。今天,我们终于在这片沙滩上解读了它,我们两个。"

"你是个十分可亲的人,你知道吗?"伊莎贝拉说道。

"我完全意识到了这一点。"男子回答说。

"我想该是回饭店的时候了,"她继续说道,"也许,妈妈已经坐在餐桌旁,她会不安的,我们可以在下午继续交谈吗?"

"我不知道,观察云彩预测未来是一件十分累人的事,也许下午我得睡觉,否则晚上我都没办法去吃晚餐了。"

"为了这个你才服用那么多的药?"伊莎贝拉问道,"就是因为观察云彩预测未来?"

男子拿掉脸上的帽子,看了看她。"你说呢?"他问道。

伊莎贝拉站起身,从遮阳伞的阴影里出去,她的身影在阳光底下闪烁。

"这我明天告诉你。"她回答说。

# 餐桌上的亡人

那是不可理喻的年代,
亡人供奉在餐桌上,
用沙子堆砌城堡,
把豺狼当作猎狗。

路易·阿拉贡

  关于新房子,他会对他说的第一件事情,就是他尤其喜欢菩提树大街上的景色,因为这让他感到还在自己家里。总之,那是一个让他感到仍在自己家里似的房子,就像他的生活还有某种意义时一样。而且他很高兴选择了卡尔·李卜克内西大街,因为这也是一个具有某种意义的名字。哦,有过这个意义。有过这个意义吗?当然有过这个意义,尤其是"大机构"①。

---

  ① 指前民主德国的秘密警察机构。

无轨电车停了下来，车门开了。人们上了车。他等着车门重新关上。你开走吧，你开走吧，我宁愿走着去，做一次有益健康的散步，天气那么好，可别错过健身的机会。信号灯呈红色。他在关上的电车玻璃门上照自己，尽管一道橡胶带把他分成两半。分成两半好，我亲爱的，总是分成两半，一半这里，一半那里，这就是生活，这就是生活。不过，真不错：他是个上了岁数的美男子，满头白发，穿着一件时髦的上衣，一双在市中心买的意大利鹿皮鞋，一副生活富裕者的神态：资本主义的好处。他小声哼着曲子："全是装饰的效果，床换了，人也换了。"①对干那事他是在行的，他干了一辈子了。无轨电车开走了。他挥手向它致意，好像跟车上的某个人告别似的。那位乘着无轨电车去佩加蒙博物馆的人是谁呢？他亲切地拍了一下双掌。噢，是你，我亲爱的，真是你啊。"何必呢，既然我仍然在此，是我自己背叛了我自己。"他用深沉的声音小声哼完歌词的结尾，而且还像歌手莱奥·费雷那样略带点戏剧性。一位骑着小摩托车送必胜客等着亮绿灯的小伙子惊诧地看了看他：一个时髦的老先生在无轨电车车站像一只苍头燕雀似的哼着小曲，挺滑稽的，不是吗？走吧，小伙子，亮绿灯了，他用手招呼小伙子快走，把你的意大利比萨饼送到目的地去吧，散开吧，散开

---

① 原文为法文。

吧，没什么好看的，我只是一个哼着阿拉贡诗句上了岁数的老先生，业已过去的美好岁月忠实的朋友，他也已经离群走散了，我们大家都离群走散了，这是早晚的事情，他的艾尔莎也已是两眼昏花，再见了，艾尔莎的眼睛。他看了一眼朝弗里德希大街转弯的无轨电车，向艾尔莎的眼睛挥手告别。出租车司机惊愕地看了看他。对他说："那么，您打算上车吗？"他抱歉地说："您瞧，这是个误会，刚才我是跟一个人打招呼，不是向您招手。"出租车司机不满地摇了摇头。他大概是土耳其人。这个城市里到处都是土耳其人，土耳其人，还有吉卜赛人，全都接踵而来，这些流浪者都干什么呢？来乞讨的，是的，是来乞讨的，可怜的德国！啊，他竟然还抗议，移民一个，脸皮真厚！"我跟您说了，您搞错了，"他反驳道，声音都变了，"是您没有搞明白，刚才我是跟车上的人挥手告别。""可我只是问您是否要帮忙，"小伙子用蹩脚的德语解释道，"对不起，先生，要帮忙吗？""帮忙？不用，"他冷冷地回答道，"谢谢，我身体挺好，谢谢了，小伙子。"出租车走了。"你身体好吗？"他自问道。他身体当然挺好，那是一个美妙的夏日，在柏林很少有这样的好天气，也许稍稍有点儿热，因为天热他的血压会偏高。

就是说，按他的品位来说稍许有点儿热，因为天热他的血压会偏高。不能吃咸的食物，也不能太累，这是医生诊断的意见："您的血压到了警戒线,不过,可能是心情焦虑所致,有什么事情让您操心吗?您休息得好吗?您睡得好吗?您失眠吗?"都是些什么问题啊。他当然睡得挺好,一个心情平和的老人怎么会睡不好呢?银行里有一大笔存款,市中心有一套漂亮的房子,万塞湖边上有一所度假小屋,一个儿子在汉堡当律师,一个女儿嫁给了一家连锁超市的大老板。您算了吧,大夫。但医生坚持他的意见:"净做些恶梦,难以入睡,突然惊醒,心率过速,是不是?""是的,有过几次那样,大夫,但生命是漫长的,您知道,到了一定的岁数,就会重新想起已经过世的人,就会回忆往事,会想到罩住我们的大网,就是那些钓鱼的人使用的镂空鱼网,因为如今那些人都已经被钓起来了,您明白我说的意思吗?""我不明白,"医生说道,"总之,您睡得好不好吧?"他本想对那个大好人说的是:"大夫,您还想要我怎么样呢?我过着孤独寂寥的生活,我把所有的樱桃都吐出来了①,我把所有的书都扔进炉子里烧掉了,大夫,您还强求我安稳地睡觉吗?"然而,他却回答说:我睡觉时睡得好,不睡的时候我尽量睡。"如果您还没退休,"医生声明说,"我会诊断是劳累过度,但说实在的这不可能,所以您血压高是源自焦虑,您是一个忧心忡忡的人,尽管您表面上挺平静。您就寝前服用两颗药丸,

---

① 德语成语,意思是:"在大人物面前我尽量谨小慎微。"

忌食过咸的东西,而且您得把烟戒了。"

他点了一支烟,一支漂亮的口感柔和美国纸烟。当他在"大机构"工作时,有人为了一包美国牌香烟甚至可以揭发父母亲,如今美国人征服全世界之后,却宣布香烟有害健康。让美国人收买了的一个混蛋医生。他穿过菩提树大街,坐在洪堡大学出售香肠的凉亭方形的遮阳伞底下。手里端着盘子在凉亭前面排队的有一家子西班牙人,爸爸、妈妈和两个年幼的儿子。如今到处都是观光客。他们不知道怎么称呼食物的名字。"炸土豆。"太太说道。"不,不。"丈夫反驳,因为那是油炸的,得要法国式的土豆。小胡子的西班牙人很帅,在他面前走过时用口哨吹起了《四位将军》①。西班牙太太转过身去,几近惊愕地看了看他。他假装若无其事。他们是怀念法西斯制度的人,或者是投票赞成社会主义的人吗?你自己去打听得了。"哎呀,卡梅拉,哎呀,卡梅拉。"

突然刮起了一阵清凉的风,把纸巾和空香烟盒从地上吹起。在柏林经常如此:一个闷热的白日里,突然刮起一阵凉风,吹得废纸漫天旋转,改变人的心情。像是给人带来回忆、怀念,消失的话语,诸如此类的联想浮现在他脑海里:岁月的无情和对原则的忠诚。他感到忿怒。"是什么忠诚,"他大声说道,"你说的是什么

---

① 《四位将军》是佛朗哥独裁时代西班牙的流行歌曲。

忠诚哪，根据你的私生活，你是我认识的人中最不忠诚的男人，我了解你的一切，原则，当然是原则，可那是什么原则呀，对于党的那些原则，你是从来不感兴趣的，而你让你妻子戴了满头的绿帽子，你还胡说什么原则，白痴。"一个小女孩子停立在他跟前。她穿着一条拖地的小裙子，光着脚丫子。女孩子塞给他一张硬纸片在他眼前，上面写着：我来自波斯尼亚。"你回到那个国家去吧。"他微笑着对她说道。小女孩也朝他微微一笑，径自走开了。

兴许最好还是乘出租车，现在他感到累了。谁知道为什么他感到这么累，他一个上午无所事事，四处闲逛，浏览报纸。"报纸令人疲惫，"他自言自语道，"新闻令人疲惫，世界也令人疲惫。世界令人疲惫，因为世界疲惫了。"他朝扔垃圾的金属桶走去，往里面扔了一个空香烟盒，还有早晨的报纸，他不想把报纸揣在衣袋里。他是个好公民，他不想弄脏城市。可是城市已经是脏的。一切都是脏的。他对自己说："不，我还是步行去吧，我可以左右局面。"局面，可那是什么局面？咳，那是在以往年代里他习惯掌控的局面。可不是，那时候活得有滋有味：你前面有"目标"，目标一无所知地平静地走在你前头。而你表面上也是在走你的路。不过你不是全然一无所知，你对你的"目标"一清二楚，相反：他们让你从照片上研究过"目标"的大概轮廓，坐在一家大剧院正厅的座位上你都能把他辨认出来，而你的"目标"对你可一无所知，你对他来说，只是世上其他千百万张面孔中的一张无名的脸，他走他的路，他一路走一路带领着你，因为你得跟随着他。他意味着你行程的指南，你只要跟着他就是。

他为自己选定过一个"目标"。当初他从家里出来时，总是要为自己找到一个"目标"，否则他会感到茫然，会迷失方向。因为"目标"清楚地知道该往何处走，而他却并不知道。而现在一直在干的工作如今已经结束了，雷纳特她死了，如今他能往何处走呢？啊，墙头，多么令人怀念的墙头。它屹立在那里，那么坚实、那么具体地标志着一条界线，划分着生命，确认一种归属。多亏一堵墙头，一个人属于某种东西，待在这里或那里，墙头就像是一种方位坐标，这边是东，那边是西，你知道自己在何处。当雷纳特还活着的时候，即使那时已不再有墙头，他至少知道该往哪儿走，因为家里的一切事务都由他来操持，他信不过那个女钟点工，她是一个说着蹩脚的德语、斜眼的印度女人，嘴里总是不断地重复 yes sir，即使他要把她打发到那个国家去时也这么说。你去那个国家干吧，丑陋的黑皮肤的印度笨女人：yes sir。

他总是首先去超市。每天都去，因为他不喜欢买很多的东西，按照雷纳特的意愿，就买些日常用的小东西。"今天早上你想买些什么，雷纳特，比方你喜欢吃的那种含烈酒的比利时巧克力或是糖衣杏仁？或者，你看，我上水果和蔬菜部，你难以想象在那家超市都有什么东西，你知道，我们那个年代的食品商店没法比，超市里什么都有，真是应有尽有，比如，在这十二月灰蒙蒙的日子里，你能想象可以买到鲜美多汁的大桃子吗？我给你买来，它们是从智利或者阿根廷那些地方进口的，或者你喜欢梨子、樱桃和杏子？我给你买来。你想要黄澄澄的甜瓜，非常香甜的跟意大利生火腿一起食用的那种？我也给你买来，今天我想要让你感到高兴，雷纳特，我想让你微笑。"

昔日雷纳特总朝他疲惫地微笑着。他在花园的甬道上总转身看她，而她从晒台的玻璃回廊在向他招手示意。晒台的边沿挡住轮椅的轮子。雷纳特像是坐在扶手椅上，看上去像个正常人，她尽管上了岁数，但依然美丽，光滑的脸颊，金黄色的头发。雷纳特啊，我的雷纳特，我曾那么爱你，你知道吗？你不能想象我有多么爱你，胜过爱自己的生命，而如今我还爱着你，真的，尽管我有件事情得告诉你，可现在我说出来又有什么意义呢？当时我得照顾你，给你梳洗，像一个女孩子似的照看你，可怜的雷纳特，命运是残酷的，你当时还是挺漂亮的，而且现在你也并不那么老，本来我们还不会那么老，我们还可以享受生活，比如出去旅行，可如今你落得这个样子，这一切是多么令人痛苦，雷纳特。他在房子的甬道上转了弯，进入花园林荫大道的树底下。"生命是一种失常的东西，"他思量道，"全然不按常规运转。"他朝超市走去，他本来在那里可以度过一个美好的早晨，那是消磨时光的好办法，可是如今，打从雷纳特过世以后，就很难打发时间了。

他环顾四周。从马路对面，又停下一辆无轨电车。上面下来一位手里提着一只购物袋的中年妇女，一个男孩子和一个女孩子手牵着手，还有一位穿着深蓝色衣服的老先生。他觉得他们是可笑的"目标"。耐心点儿，耐心点儿，别耍小孩子脾气，莫非你忘了自己的职业？得耐心，你不记得啦？要十分耐心，耐心地度过一天又一天，一月又一月，小心翼翼，谨小慎微，在一家咖啡馆里，在卡座里坐上好几个小时，看一份报纸，整天总是读同一份报纸。

为什么不读着报等待一个好的"目标"，以便知道世界上发生了什么事情呢？他在一旁的售报亭买了《时代》杂志，那是他在有真正"目标"的日子里必读的周刊。然后，坐在出售香肠的冷饮亭平台上的菩提树底下。还没到进午餐的时候，不过一根香肠和土豆片还是可以吃的。"您喜欢普通的还是加咖喱粉的呢？"穿着白色围裙的矮个子男子问道。他决定要带咖喱粉的，绝对是新吃法，他还让加上番茄酱，真够后现代派的，当初人人都说这个词。他原封不动地把它留在纸盘里，实在太难吃了，为什么人们都那么赶时髦呢？

他环顾四周。他觉得四周的人都很丑陋。太肥胖了。在他看来那些瘦子也肥胖，内里肥胖，好像他看到了人体内部。人们都油光光的，对了，好像都抹上了防晒油似的。他觉得他们简直都油得发亮。他打开报纸：看看世界怎么样，这广阔的世界在欢快地跳舞。不过，并不是那么欢快。美国人非得要带核武器的导弹防御系统不可。防御谁呢？他冷笑了一下，防御谁呢？防御全死光了的我们吗？一排矮墙上有一张美国人的照片，旁边是一面旗帜。他的脑袋还没有顶针大，就像一首法国歌谣里唱的那样。他重又想起自己曾那么喜欢的那首歌，对了，就是那个布拉桑①，很有个性的，他痛恨资产阶级。那是遥远的年代了。巴黎曾是他一生最美好的时光。"一朵美丽的鲜花在一群奶牛中，一头美丽的奶牛变成鲜花。"②他的法语相当完美，不带口音，没有怪腔怪调，就像飞机场高音喇叭里的那些声音似的，当初是在专门的学校里学的，那个时候学东西真是认真，可不是凭空说说的，一百个里面选择五个，那五个就得完美无缺，就像他那样。

在国家歌剧院的小店铺前面排着队，那天晚上大概有一场重要的音乐会。要是他去听了音乐会呢？为什么不呢？他几乎已经想去了。一位先生从图书馆的大台阶下来，脑袋秃顶，穿得挺气派，腋下夹着一个皮包。就是他了，理想的"目标"。于是他假装专心读

---

① 乔治·布拉桑(1921—1981)，法国歌手，擅长表现社会底层民众情感。
② 原文为法文。

报。那位先生毫不在乎地从他面前走过去。是块肥肉，真是块肥肉。他让那人走出去几百米，然后站起身来。他穿过了马路。最好走在对面的人行道上，这是老规矩，永远不要忽视老规矩。那人朝粮仓区的方向走去。多么可心的"目标"啊，他走的正好与自己是同一条路，没有比这更凑巧的了。那人好像在朝佩加蒙博物馆方向走。他的确进去了。那人可真精明，好像没有明白他的用意。他暗自窃笑：对不起，我可爱的肥肉，如果你披着大学教授的外衣在这里执行你的任务，当然你得进入佩加蒙博物馆，也许，你认为一个像我这样有经验的人会落入只能捞到几个钱的小圈套吗？

他在一尊雕像的底座上坐了下来，平静地等着那人。他点燃一支烟。如今医生只允许他每天抽四支烟，午饭后两支，晚饭后两支。而那个"目标"只值得他等一支烟的工夫。他边等边浏览报纸的文艺版。有一部美国片吸引公众的热情，创票房最高纪录。那是一部反间谍片，故事发生在二十世纪六十年代的柏林。他感到特别压抑。他真想一走了之，不想再去他打算去的地方，不想为那个他正与其纠缠的笨蛋小教授浪费时间。那样就太平庸，太没有悬念了。可不是吗？他看见那个人提着一个装满目录的透明塑料口袋，那些目录估计得有一吨来重。

他把烟头扔到运河里，双手插入口袋，仿佛是在闲逛。他挺喜欢这样子的：假装随便溜达。但他不是在闲逛，他得去拜访一个人，头天晚上他就打算好的，昨晚是相当不安的一个夜晚，实际上是整宿未眠。他有事情要告诉那个家伙。首先，他要对那个人说，他为自己作了妥善安排。不同于许多其他同事，即使是那些跟他一个水平的同事，他们有的最后去当了出租车司机，这样，突然会被人解雇，他可不一样，他自己安排得不错，有先见之明，人永远都得有先见之明，他就是那样的，他积攒了一大笔钱财。怎么积攒的？这是他自己的事情，反正他成功地积攒下一大笔钱，还是美金，存在瑞士，而最重要的是，当一切都了结时，他却在卡尔·李卜克内西大街买进一套独门独户的漂亮小别墅，那是有着一定意义的名字，那里离菩提树大街只有一步之遥，因为这使他感到像在家一样。总之，那是一个让他感到仍在自己家里似的房子，就像他的生活还有某种意义时一样。可他有过有意义的生活吗？当然有过。

  他觉得水泥大道很荒凉。来往的车辆稀稀落落。那天是星期日，六月底一个美好的星期日，柏林人都在万塞湖，一边沐浴着马丁·瓦格纳浴场上初夏的阳光，一边喝着开胃酒，等待吃顿美味的午餐。他明白自己饿了。是的，要是想一想他是该饿了，他早晨只喝了一杯意大利卡布奇诺，也许是因为头天晚上他吃多了。他在巴黎酒吧吃了一盘牡蛎，如今他几乎每天都去巴黎酒吧，除非去别的几家高档饭馆换换口味。"你明白吗？倔老头！"他喃喃自语道，"你一辈子活得像圣方济各会修士那样，如今我可是在高档饭馆逍遥，每天晚上吃牡蛎，你知道为什么吗？因为我们不会长生不老，我亲爱的，你以前总是这么说的，所以得吃牡蛎享受享受。"他喜欢院子。那个院子朴实又粗陋，总是带着乡土气息，如同倔老头，树底下放着几张木头桌子，那里坐着两位正在喝啤酒的外国旅客。男子约五十岁左右，戴着知识分子戴的那种金属边框的圆眼镜儿，就像他那位可亲的故人倔老头，脑瓜秃顶，鬓角也秃了。女子一头褐发，挺漂亮，一脸的自信和真诚，深色的大眼睛，她比男的年轻。他们在讲意大利语，不过说到某些句子时则用一种陌生的语言。他竖起耳朵聆听。西班牙语吗？他觉得好像是西班牙语，但他离得太远了。他借口从他们面前走过，说了声："日安！欢迎你们到柏林来。""谢谢！"男子回答说。"你们是意大利人吗？"他问道。女子对他微微笑了笑，回答说："葡萄牙人。"男子开心地伸开双臂，用意大利语说道："我也算是葡萄牙人，'改变国籍比换鞋都快'。"而他马上明白那句引语。不过，好样的，我的小知识分子，看来你读过倔老头的书，恭喜你。

他选择在里面进午餐。得到一个地下室去，也许原来那里就是地下室。是的，的确是地下室，现在他想起来了，倔老头曾经常在这里接待一个背运的女演员，年纪比海伦还要大的女笨蛋，后来她在一本法国出版的书里披露了一切，她名叫……他记不得她叫什么名字了，不过，在巴黎度过的所有岁月里，全部事情他都清楚。

噢，对了，她叫 Ce qui convient①，而表面上他谈论的是戏剧，但他是在以他的方式讲述一种人生哲学：流言蜚语。可那是哪一年来着？他记不得了。倔老头在那个地下室安放了一张长沙发和一盏带灯罩的落地灯，一切都在海伦的眼皮底下，她一生吃的苦比呼吸的空气都多。

饭店里相当黑，但有一种像马里亚·法拉尔夜总会那样的氛围，还有其他一些倔老头年轻时从事过的印象派的东西。桌子都是粗糙的木头，雅致的摆设，挂满照片的墙壁。他观赏起照片来。那些照片他几乎都认识，在他办公室的公文卷宗里多次出现在他眼皮底下。有几张甚至还是他让其助手们给拍的。"浪荡鬼，"他自言自语道，"你是个十足的浪荡鬼，一个没有道德的道德主义者。"他研究了菜谱：太太压不倒男人的情妇们，但至少在饭菜上胜过她们一筹，他一生都偏爱奥地利菜肴，饭馆尊重他的口味。最好不要冷盘，要煲汤类的。他考虑了起来。有一种土豆熬煮的煲汤，他觉得比德国的味道好。不过他从来不欣赏德国的烹饪，太油腻，奥地利人的口味比较高雅，最好别要土豆熬煮的煲汤，天气太热。狍子？为什么不来份狍子肉？奥地利人烧的狍子肉最地道。太油腻，医生不会同意。他决定来一份简单的维也纳式猪排，因为奥地利式

---

① 法语，意思是，"合适的人"。

的维也纳猪排可能是绝顶好吃的东西，再加上他们做的那种香脆的土豆馅饼，对啊，就来一份维也纳猪排算了。他喝了奥地利白葡萄酒，尽管醇香的白葡萄酒他并不喜欢，为了怀念海伦，他默默地干了杯。"为你那个肆无忌惮的男人干杯，"他说道，"我亲爱的第一夫人。"他喝完一杯不含咖啡因的饮料，为避免夜间心脏收缩。

他出来走到院子里，想去参观一下房子，如今它是一座故居和博物馆，真有意思。不过，谁知道啊，岁月流逝，为适应聪明的来访者的需要，他们将其重新装修、粉刷过了，改头换面了。他回想起一九五四年的一个夜里在那所房子里，当时那个傻瓜正待在柏林歌剧院的舞台侧幕后面，看着他勇敢母亲的双轮小车。他检查了一个又一个房间，一个又一个抽屉，一张又一张的纸，一封又一封的信。没有人比他更熟悉那所房子了：他伤害了它。"对不起，"他轻声地说道，"对不起，真的，可当初那是命令。"他出来走在马路上，走了几米路。他从旁边的一条小路朝围着栅栏门的小公墓走去，那公墓对着马路。路上空无一人。有很多树木，静谧地安息在阴影中。小小的公墓，但颇有种族气息，他想起了一些人的名字：哲学家、医生、文人，快乐的少数。①这些重要人物待在一座公墓里干什么？他们安睡着，他们也跟那些根本不起眼的小人物一样安

---

① 原文为英文。

睡着。而且大家都是一个姿势：平躺着。不朽的东西呈水平状。他徘徊着，偶然见到了安娜·西格斯①的墓碑。他从小就喜欢她的诗歌。他想起了其中的一首，那是一位犹太演员在很多年之前，每天晚上在巴黎玛黑区的小剧场里朗诵的诗篇，一首可怕的令人痛心疾首的诗篇，他没有勇气把它背下来。

当他走到B. B.②的墓前，他说："你好，我来寻找你了。"突然他没有任何愿望对他谈论房子，谈论他如何安排好了自己的晚年。他迟疑了一下，然后只是说："你不认识我，我叫卡尔，这是我的教名，请注意，这也是我的真名。"这时，飞来一只蝴蝶。那是只普通的白翅膀蝴蝶，一只在公墓里四处飘逸的白色粉蝶。他一动不动，闭上眼睛，仿佛想表达一种愿望。但他没有任何愿望要表达。他重又睁开眼睛，看见蝴蝶停落在屹立于墓碑跟前半身青铜雕像的鼻子上。

"我为你感到遗憾，"他说道，"他们没有刻上你在世时让人们写下来的墓志铭：这里安息着B. B.，正直、客观、不安分。我很遗憾，但他们没有为你写上墓志铭，从来都没必要提前写好墓志铭，反正后人向来不会听从。"蝴蝶拍动翅膀，垂直地竖起来，又

---

① 安娜·西格斯(1900—1983)，德国女作家，曾因反纳粹法西斯被流放。
② 贝尔托特·布莱希特(1898—1956)，德国反纳粹主义作家，一九三三至一九四九年被流放。

合拢翅膀像是要飞走,但它没有动。"你的鼻子真大,"他说道,"你的胡子像刷子般又粗又硬,你是个固执的人,你始终是个固执的人,你让我做一大堆事情。"蝴蝶稍许飞舞一阵,然后又停落在原来的地方。

"傻瓜,"他说道,"我曾经是你的朋友,我挺喜欢你的,你为此感到惊诧吗?那么,你听着,一九五六年八月,你冠心病发作,我哭了,我真哭了,我一生中哭得不多,你知道吗?卡尔该哭的时候是不怎么哭,可是我为你哭了。"

蝴蝶飞了起来,它在雕像头顶上转了两圈就飞走了。"我得对你说一件事,"他急匆匆地说道,好像在跟蝴蝶说似的,"我得对你说一件事,急需说。"蝴蝶在树木中间消失了,他降低了声音。"我了解你的一切,我知道你全部的生活,日复一日,一切的一切:你的女人们,你的思想,你的朋友们,你作过的旅行,甚至你的夜晚,以及你所有的小秘密,哪怕是那些最小的秘密:一切。"他发现自己在出汗。他喘了口气。"而对我自己,我却什么都不知道,我本以为我都知道,但却一无所知。"他停歇一下,点燃一支烟。他需要抽支烟。"雷纳特一生都在背叛我,两年前当他们打开档案时我才发现这一点。谁知道为什么,我想起我也许跟所有人一样,有一张卡片。那是一张完整的卡片,上面写得很详细,好像每天都受到人窥视似的。在'家人'那个栏目里有一份完整的资料,照片是用摄像镜头拍下来的,里面有雷纳特和内务局局长阳光下的裸体照,在一处布满卵石的河滩上,他们想重返大自然。下面写着:一九五二年于布拉格。而当时我却在巴黎。然后还有很多别的照片:一九六二年他们从布达佩斯的旅馆出来的照片,一九六九年在黑海的一片沙滩上,一九七四年在索菲亚。直到一九八二年那男人像你一样冠心病发作为止,当时他年岁大了,他比雷纳特大二十岁,事实真相很具体。"

他用手绢擦前额上的汗,往后退了一步。他大汗淋漓。他在甬道另一边的木头长凳上坐下。"你知道吗?"他说道,"我本想对雷纳特说这件事,我本想对她说我什么都知道,说我发现了一切,但事情滑稽可笑。雷纳特病情发作,当时还有希望恢复,他们的确把她治疗得不错,还采用生物疗法,一切能用的疗法,可是她并没有恢复,最后几年她坐上轮椅了,而且轻微面瘫也没有消失,每天晚上我对自己说:'明天我要对她说那件事。'然而你怎么能够对一个整个儿脸都歪成了那样,而且双腿麻木了的人说我发现了她的一切呢?我没有那种勇气,真的,我没有那种勇气。"

他看了看表。也许该走了。他感到累了,哪怕拦一辆出租车的力气可能都没有。他说,关于新房子,他尤其喜欢菩提树大街上的景色,那是一所漂亮的房子,带全套现代设施。他沿着甬道一直走到入口的栅栏门。他迟疑了片刻,转过身去。他朝公园挥手致意。

"晚上我上高档饭馆进晚餐,"他还说道,"比如今晚我要上一家意大利餐馆,你难以想象,他们做的虾仁拌面条,里面的虾仁比面条多。"他轻轻地关上栅栏门,避免发出响声。"在我们那个时代里是没有这种饭馆的,我亲爱的,"他喃喃自语道,"我们失去了我们最珍贵的东西。"

## 将军之间

"我从来不相信生活是对艺术的模仿,这是句很时兴的俏皮话,因为很容易理解,现实总是超过想象,因此,某些历史事实是不可能写出来的,文字是对真实发生过的事情苍白的追忆而已。不过,我们姑且不谈那些理论了,我很愿意对你讲述历史,而且如果你愿意,可以由你把它写出来,因为你比我有优势:你不知道是谁经历了历史。说实话,他只对我讲述了往事,而结论我是从他一位寡言少语的朋友那里得到的;我们之间只局限于谈论音乐或棋艺,也可能谈论到诸如'如果荷马认识奥德修斯,是否会认为他是个平庸的人'之类的话题。我认为我总算明白了一件事情:历史总是比我们伟大,恰恰让我们遇上了,并且我们无意之中成了历史的主角,不过,我们经历的历史的真正主角并不是我们,而是我们经历过的历史本身。谁知道他为什么到这里来死,在这个无法使他想起任何东西的城市,也许这是一座巴别塔,而也许他怀疑自己的故事象征生活中的巴别塔,而他不能死在自己的国家,因为它太小了。

他几乎快九十岁了,天天下午他从窗口望着纽约的摩天大楼,一位波多黎各的姑娘每天上午来整理他的套间,给他带来一盘东尼咖啡,他可以在微波炉里加热,听完非听不可的贝拉·巴托克①的老唱片(那些唱片他都能背出来)之后,就索性散个步,一直走到中央公园的栅栏门。他在衣柜里的一只塑料袋里珍藏了一套将军制服,当他散步回来后,就打开衣橱门,像对待老朋友那样在制服的双肩上拍打两下,然后就去睡觉。他对我说过他不做梦,而一做梦,就只看到匈牙利一马平川的上空,他想那是一位美国大夫给他弄到的安眠药的作用。我简单地给你讲了故事,就像经历过这故事的人对我说的那样,余下的就都是推测,不过,这就是你的事情了。"

\* \* \*

故事开始时,主角是匈牙利军队的一位年轻军官,而根据格里高利历②那是一九五六年。按纯粹的习俗就叫他拉茨罗,这种名字在匈牙利等于是无名氏,尽管他是那个拉茨罗,不是别的拉茨罗。完全从推测的角度来看,我们可以想象他是三十五岁左右,瘦高个子,一头几近发红的金发,透着天蓝色的灰眼睛。另外他是一个地主家庭唯一的后裔,拥有与罗马尼亚接壤的一片地产,而按照奥匈

---

① 贝拉·巴托克(1881—1945),匈牙利作曲家。
② 指罗马教皇格里高利十三世(1502—1585)制定的年历,即现在通用的阳历。

帝国的传统，他家里人多半说的是德语，而不是匈牙利语，土地被没收后，家族就移居至布达佩斯的一个大套房里，那是政府分的。可以猜测他高中攻读的是文学，他古希腊语成绩优秀，会整段整段地背诵荷马史诗，而且私下里会写品达①风格的诗篇。他敢于让其看他所写诗作的那位唯一的教授，曾预言他将来会成为一位伟大的诗人，一位新的裴多菲②，开初他不敢相信，只是没有什么意义的一小节诗，纯粹是一种推测。事实上，他父亲一心想让他当军人，因为他自己年轻时曾经在奥匈帝国的军队里当过军官，现在军队完全属于共产主义制度，但在他看来那是次要的，因为首先重要的是匈牙利，而为了这块土地他们拿起了武器，而不是为了那些政府，那是瞬息即逝的实体。我们的拉茨罗毫不抗争地接受了父亲的意志：他心里明白根本不会有一位新的裴多菲，他也不甘心当任何人的第二，他要在某方面出类拔萃，不管在哪个方面，他并不缺乏意志力，他生来就是为了牺牲的。他很快成了布达佩斯军事学院最优秀的士官生，然后又是第一位学员军官，完成课业后，最后被选拔为军官，分配到边境地区一个艰苦的地方当指挥官。

讲到这里，就有必要离开正题，这也不再属于什么推测，只是

---

① 品达（公元前518—公元前438），古希腊诗人。
② 裴多菲（1823—1849），匈牙利诗人。

属于讲述从别人那里听到故事的人的一种想象，而那人也是听别人讲述的。拉茨罗在他度过少年时期的家乡，就是在他父亲以往拥有过土地的地方，是否留下过他的初恋，是否执著地忠实于他的初恋呢？这样想是合乎情理的。弄清楚我们的拉茨罗的感情生活很有必要，否则他好像就是个穿军装的木偶，交付给了支配人的体力和意志力，却排斥其心肌神秘能力的一种历史。拉茨罗有一颗多愁善感的心，而把其感情献给我们之中的某个人，把心归属于某个人，并不是一种毫无根据的推测。那么拉茨罗的心也曾为一种伟大的爱情跳动过，他眷恋的伟大的爱是一位美丽的农村姑娘，一天下午在一片麦田里，年轻小伙子曾对她发誓会永远爱她，而姑娘在那间她父亲留下的绿树成荫的大房子里，曾向他保证给他生下一个后代。可是拉茨罗当时在到处是高楼大厦的布达佩斯，在那里，他所在参谋部的将军对他颇有好感，将军在每个月最后几个星期天都组织聚会，应邀的嘉宾都穿着高级将领的制服，晚饭后就跳舞，一位穿着燕尾服的钢琴师在演奏维也纳华尔兹，参谋长的女儿跳舞时，目不转睛地注视着他，谁知道在拉茨罗的眼睛里她看到的真是拉茨罗，还是她父亲描述的军事学院最出色的军官。不过，这完全是次要问题，事实上他们简单地订了婚之后，就结了婚。不能否认的是，拉茨罗认为想象远比现实要强大。他爱他妻子，她漂亮又热情，但是在她身上他难以再找到一种他认为已经背弃的爱，即一个金黄头发的乡村姑娘业已模糊的形象。因此,他就到布达佩斯的妓院里去寻找那个幻影,起先由几个军人陪着,后来就凄然独自前往。

话说我们到了一九五六年,那年苏联军队入侵了匈牙利。大家都知道,入侵的原因是思想意识方面的,不过,不可能确定拉茨罗的反应是否一样,或者他有不同的想法:比如,在家里接受的教育,因为那是匈牙利的土地,而就像他父亲教育过他那样,匈牙利的土地比任何政府执政都重要;或者说,从纯技术的原因考虑,这么说吧,因为一个军人首先得听从参谋长的意志,命令是无可商量的。不过,的确也是,由于拉茨罗生长在一个大家庭中,家里有一个大图书馆,这就可以有其他更多似是而非的推测了,比如他十分了解达尔文,而且,他认为一切政治制度,就像生理组织一样,有一种进化,而这种制度相当粗糙,不过是建立在良好的意愿之上,如果有一个像纳吉①这样的人领导,就可以实现一种较好的制度。或者如果他读过安德烈·纪德的《苏联之行》,再说那本书整个欧洲都读,在匈牙利也私下流传过。在这些次要的推测当中,我们可以引入另一种推测:能得到一些欧洲国家共产党的支持,他也许感到几分欣慰,特别是有个国家的一位年轻的共产党官员的言

---

① 纳吉(1896—1958),匈牙利政治家。一九五三至一九五五年任总理,因反斯大林被驱逐出共产党。一九五六年反苏武装起义后重返政坛,后受到审判和处决。

论，他觉得颇为重要，一位讲一口流利法语的潇洒男子，他知道有关古拉格①的一切，他在一次酒会上声称自己是一个改良派的共产主义者，这个名词的定义很含糊，但他认为跟他自己的想法雷同。

苏联装甲车越过匈牙利边境的那个夜晚，拉茨罗想起"改良派"，那位年轻官员给他留过电话号码，他在苏联人切断电话线之前，立刻给他打了电话：他深知，要对抗苏联的坦克车，对于军队装备极差的小小匈牙利来说，有一个民主国家的象征性支持很重要。电话铃响了很久，然后是一个懒洋洋的声音："很遗憾，先生在外边进晚餐，如果您愿意的话，可以留言。"拉茨罗说道，只须转告他说是拉茨罗来的电话。但他没有接到回电。拉茨罗想仆人是信不过的，但是，事情令他相当不安，而且当时他有别的事情要考虑，然而，两天以后，当他在无线电里听到那位外国同志以其党的名义，把匈牙利爱国者定义为反革命分子时，他明白自己没有搞错。现在，从窗口望着纽约的摩天大楼，拉茨罗在想，事情是多么蹊跷，因为他刚刚读完一首叶芝的诗，人随着年华的流逝而进步，他自问事情是不是并非如此，时代是不是真的不能使人进步，而如

---

① 苏联关押政治犯和不同政见者的劳改营。索尔仁尼琴有名著《古拉格群岛》。

果时代能使人进步，并不意味着能让他们变成另一种人，因为时代让人跟随着自己，似乎会使他们觉得，在别的时代里真实出现过的事情仿佛海市蜃楼。这时他在听着贝拉·巴托克的音乐，太阳正在纽约上空徐徐落下，为了健身他得一直散步到中央花园，他想的是那个他曾让时代进步的他的时代。

拉茨罗是怎么成功把苏联军队连续围困三天的，这无法断定。但可以作一些推测：他的战略才干，他的顽强精神，他对难以实现的事业热切的信念。事实的真相是：入侵部队的装甲车没能通过，苏联人蒙受了许多损失，直到第四天，他们的部队才压倒了由拉茨罗指挥的实力单薄的小分队。苏方指挥官是一个跟拉茨罗年龄相仿的人，我们可以习惯地称他为基米特里，这在苏联是个很普通的名字，不过他是那个基米特里，不是别的基米特里。他是格鲁吉亚人，在莫斯科军事学院学习过，生活中他喜欢三样东西：斯大林，因为当时那是必须爱戴的人，因为他也是格鲁吉亚人；还有普希金，再来是女人。他是职业军人，他对政治从来不感兴趣，他就是单纯地热爱俄罗斯土地，他是个性情暴躁而又快乐的人，也许他挺不幸的，年纪轻轻的，就投入过反对纳粹分子的战争，曾因英勇善战受过勋，他真的十分憎恨纳粹分子，但他无法憎恨匈牙利人，而且他不明白为什么要那样入侵匈牙利。不过那个民族意想不到的抵抗令他很恼怒，他手下士兵的阵亡令他很痛苦，尤其是那无谓的抵抗，他不明白有何意义，匈牙利人深知他们会像一根树枝那样被扫除掉，而每个小时的抵抗将仅仅是一种以鲜血为代价的幻想。为什么要把鲜血洒在一种幻想之上呢？这使他很困惑。

当布达佩斯重新恢复了莫斯科所要的秩序后，不受欢迎的政府被一些亲苏分子所代替，那些参加叛乱的匈牙利军官被判了刑，那是被称作抵抗运动的叛乱。这些人中间自然有拉茨罗，他是叛乱分子中最恶劣的一个，对他得判以重刑，作为警示。那个伪法庭，为证实自己的控告，向基米特里军官要了一份书面报告，报告从莫斯科寄来。判决书早已写好，审判只是做个样子，不过他们有书面证据，拉茨罗心想他是因为基米特里而被判刑的。他作为一个叛乱分子被判了刑：他被当众取消军衔，然后又被开除出军队，最后还脱去军服被软禁，以免匈牙利的军装受到玷污。当他们释放他时，他俨然是个老人了，他家的房子早被没收了，他没有了生计，他妻子也死了，他妻子一直患有关节炎。他在女儿那里生活，他女儿嫁给了一位省城的兽医。时光就这样过去了，直到柏林墙倒塌那一天，苏联以及像匈牙利这样的卫星国家也崩溃了。几年后，匈牙利新的民主政府决定为在一九五六年领导反苏起义的军人平反。参加那次动乱的军人中很少有人还活着，而很少的那些人中有拉茨罗。

\*　　　\*　　　\*

有时候当整个事件似乎结束了，这件事才显露出其深层的含义。拉茨罗的一生连同他的故事表面上已到了结尾。然而恰恰在这一时刻，他的一生赢得了一种意想不到的意义。

女儿和他的外甥陪他到布达佩斯参加了隆重的典礼，新政府为他恢复了军籍，并授予他匈牙利英雄勋章。他穿着经历过时代风雨的旧军装去赴会，尽管军装上有几处虫蛀的小洞。那是一次庄重的典礼，电视里做了直播，典礼在国防部那个宽敞的大厅里举行：如同很多年之前一样，他不时地被取消军衔，又不时被恢复军衔，最后他重又当上了将军，胸前挂满了奖章。国防部把他安顿在城市最高档旅馆的豪华套房里。那天晚上拉茨罗很快入了睡，也许是因为他喝多了，但半夜里他醒来了，久久不能再度入眠，辗转反侧中他想到了一个主意。但是很难推测出他这个主意的动机是什么，第二天早晨他真的给国防部打去了电话，他报了自己的名字和军衔，并让对方记下他说的当年某个苏联军官的姓和名，要求找到有关他的信息。他们几分钟后就提供了资料：匈牙利情报机关了解有关这个人的一切，甚至还让他记下那个军官的电话号码。基米特里，他也是将军了，获得过苏联金质奖章，如今已经退休，独自生活在莫斯科一个小套房里。俄罗斯新政府发给他一份月薪；鳏夫，加入了俄罗斯围棋协会，订了每星期六晚上在一个小剧场看戏的年票，那里只上演普希金的作品。拉茨罗在深夜给他打了电话。电话铃一响基米特里就接了。拉茨罗告诉他自己的名字，基米特里立刻就想起来了。拉茨罗说自己想结识他，基米特里没问他为什么，他理解拉茨罗。拉茨罗提议让他周末来布达佩斯，旅费和住宿费用由他来支付，并安排他在布达佩斯一家大旅店下榻。基米特里拒绝了，理由相当充足：一个以往令他不喜欢的匈牙利，那里有某些外国情报机关，说不定他会遇上什么麻烦事，他希望拉茨罗能谅解。拉茨罗说他能理解，那么，如果基米特里同意，他去莫斯科拜访。

第二天，他动身去莫斯科了。他女儿竭力劝阻他，然而他叫女儿回家去，说别让她的兽医丈夫一个人太孤单。当他从莫斯科回来时，他对女儿和女婿只说他旅行很顺利，别的什么也没说。关于他那个周末的莫斯科之行，直到后来，当他从曼哈顿的小套房看着纽约的摩天大楼时才变得比较清楚。

星期六晚上，他去坐落在七十号大街和阿姆斯特丹大街之间的一家麦当劳小店进晚餐。他经常去那里有两个原因。首先他发现，在纽约那些豪华的饭馆里，想吃鸡只提供鸡胸，因为他们认为鸡的其他部分都不可取，只有像麦当劳那样穷人的餐馆才供应，可是拉茨罗恰恰就喜欢吃低档饭馆里鸡的其他部分。另外，因为就在那个地方，他认识了一群同乡，他们经常在一起下围棋，一直待到深夜。这些一起下围棋的人中间有一位同乡与他同龄，跟他一样反对苏联人，那人有个很大的优点，就是善于聆听别人说话。拉茨罗就选定了那个同乡，作为叙述他莫斯科之行的对象。那天已经很晚了,外面下着雪,餐馆里只有他们俩和扫地的服务员。"亲爱的弗兰克,"他说道,"我在莫斯科待了三天,先前从未去过莫斯科,城市真大,你也会喜欢的,那里的人跟我们相似,不像在这里,彼此感觉像陌生人似的。第一天我和基米特里随便聊了聊天,我们下了棋,他一连赢了三盘,第四盘我赢了,不过,我觉得他是故意让我的。第二天,我们沿着莫斯科河散了步,晚上我们去看了普希金的一部剧。第三天他带我逛妓院,那是个非常气派的地方,布达佩斯已不再有这种地方了,我在那里过得很快乐,我又寻找到一种我以为已经消亡的男人的雄风。弗兰克,我想对你说的是,也许你不会相信:我在莫斯科度过了我一生中最美好的日子。"

## 我眷恋风

出租车在涂上绿漆的铁栅栏面前停了下来。"这里就是植物园。"司机说道。他付了钱，下了车。"您知道从哪里可以看到一座二十年代的楼吗？"他问司机。那人勉强能听懂他的话。"大楼的正面有新艺术装饰，"他详细说明了一番，"应该是一栋具有建筑价值的楼房，我不相信他们会把它拆除。"出租车摇了摇头走了。应该差不多是十一点了，他开始感到累了，旅途相当漫长。大门敞开着，有一块牌子通告观光者们星期天免费参观，下午两点关门。他没有多少时间了。他进入一条两旁耸立着棕榈树的甬道，树干又细又高，树冠有少许绿叶。他想：这大概就是布里蒂树吧？在家里人们总是谈到布里蒂棕树。甬道的深处是花园，里面有一片铺有石板的空地，从那里延伸出几条小路通往东南西北四个方向。石板地上画着罗盘盘面。他踌躇着停住了脚步，不知往哪个方向走。植物园很大，他不可能在关门之前找到他想要找的地方。他选择了南方。他一生中总是竭力选择南方，现在他来到了这个南方的城市，他觉得继续朝那个方向走没错。不过，在植物园里他感到有一阵寒冷的北风。他想到了生活中的风，因为风总是陪伴着生活的：温馨的微风，青春时代火热的风，然后有令他头脑清新的西北风，还有西南风，撒哈拉吹向地中海的焚风，以及凛冽的北风。"空气，"他想道，"生命是由空气组成的，一种气息而已，何况我们也只不过是凭一口气活着，呼吸，然后，有朝一日，机器停住了，呼吸就结束了。"他也停住了脚步，因为他走得气喘吁吁的。"你可真有耐力啊！"他自言自语道。小路朝着梯地陡然上坡，那片梯田出现在一片高大的玉兰树荫后面。他坐在一张长凳子上，从口袋里掏出一个笔记本。他在本子上记下围绕他四周植物的发源地：亚速尔群岛，加纳利群岛，巴西，安哥拉。他用铅笔画下一些叶子和花朵，然后，用笔记本中间的两页画了一种名字十分奇怪的木本花朵，来自加纳利群岛——亚速尔群岛，那是一棵参天大树，披针形的长叶子，饱满的花朵，呈穗状的花序像是果实。那棵大树的树龄真的很可观，他算了一下，在巴黎公社的年代它已经成年。

他感到缓过了气，快步朝小路尽头走去。阳光直射在他身上，强烈的阳光照得他眼花。天气很热，但从海洋吹来的微风是清凉的。植物园的南端就是那个俯瞰着城市的大平台，从那里可以浏览到全景，大山谷里布满纵横交错的街道和小巷的老居民区，白色、黄色和天蓝色的房子交相辉映。从平台上面一眼望去，地平线的景色尽收眼底，而在右边港口运作的起重机后面就是浩瀚的大海。平台四周有一堵齐胸高的矮墙，上面有象征城市的黄色和深蓝两色瓷砖镶嵌画。他开始从那笔画简单的画面上识别城市的方位：从下城的凯旋门出来的三条主干道，那凯旋门启蒙主义色彩的建筑是地震以后重建的；市中心两个相互紧挨着的大广场，左边是竖立着高大青铜纪念碑的圆形广场，然后朝北的新区有一座像是二十世纪五六十年代的建筑。"你干吗到这里来？"他自问道，"你找什么呢？一切都消失了，所有的人都蒸发了，算了吧。"他发现自己在大声说话，在笑自己。他朝城市做了个手势，像是在跟谁打招呼。远处传来三下钟声。他看了看表，差一刻就到中午，他决定参观植物园的另一边，转身想上另一条小路。这时他耳际传来一个声音。那是一位女子唱歌的声音，但他不知道声音来自哪里。他停住脚步想辨清声音的来源。他掉头往回走，趴在矮墙上往底下看。他这才发现在左边，几乎就靠近植物园陡直的下坡路面，屹立着一座建筑物。那是一座老楼，一边朝着植物园，但看到楼的正面，就明白那显然是上个世纪初的一座建筑物，至少从石楣柱和那些灰泥装饰能清楚地看出，上面有系着桂冠的戏剧脸谱的人物形象。楼房有个平台式的屋顶，上面耸立着大烟囱的十分宽敞的大平台，那里还挂着晾衣服的绳子。女子背对着他，从后面望去，她像是个姑娘，她正在那里晾床单，为了能够得着绳子，她踮着脚尖，往上举着胳膊，活像个女芭蕾舞演员。她穿着一件贴身的印花棉布衣衫，突显出矫健的身段，而且她光着脚。微风冲着她把床单像风帆似的吹得鼓鼓的,她好像拥抱着床单。现在她停住不唱了,朝搁在凳子上的一个藤筐弯下身子,从那里掏出五颜六色的衣物和汗衫,他觉得她像是在选择得先晾出来的衣物似的。他发现自己微微出汗了。他刚才听到的而现在不再听到的声音似乎并没有消失,好像他心里还在听她唱,仿佛是她留下的一种回声在继续,而同时他感到一种莫名的伤感,一种确实好奇的感受,好像他的身体失了重,正在朝一个莫名的远方奔逃。"你再唱吧,"他低声说道,"请你再唱吧。"姑娘在头上系了条头巾,从凳子上拿掉衣物筐并坐在那里,竭力想在床单下面的几处阴影里躲避阳光。她背对着他坐着,没法看见他,而他却像被磁石吸住了似的,直盯着她看,目光无法离开她。"你再唱吧。"他微微抽动着嘴唇说道。他点燃一支烟,发现自己的手在微微颤抖。他想大概是自己耳朵有一种声音幻觉,有时候,我们以为自己听到了我们想听到的那首歌,那首没人再唱的歌,而那些曾经唱过那首歌的人都已过世,何况,那是首什么歌呀?是哪个年代的呀?那是首十分古老的歌曲,是十六世纪或许是更早的歌,你去打听打听,是一首民谣?一首骑士歌曲?一首情歌?还是一首诀别之歌?在另一种年代里他知道,但那个年代已经不属于他了。他在记忆中搜寻着,霎时间,他重又回到某人称之为"碎屑"[①]的时代,好像他瞬

---

[①] 原文为葡萄牙文 migalha。

间能够吮吸掉过去的岁月。"碎屑就是尘埃,"他自言道,"当时你只是一粒尘埃。"突然刮起一阵更猛烈的劲风,床单在风中劈啪作响,女子站起身来,开始晾那些五颜六色的汗衫和一件短裤。"你再唱啊,"他喃喃地说道,"你再唱吧。"这时附近教堂的大钟不断地敲午钟,而好像受到钟声的呼唤,一个小男孩从通往平台的阶梯旁侧小屋里探出头来,又迎着女子跑过去。小男孩大概有四五岁,卷头发,趿拉着拖鞋,鞋头带有两个弯月形孔眼,穿着背带短裤。姑娘把藤筐放在地上,蹲了下来,大声喊道:"萨穆埃尔!"并向他张开双臂,小男孩一头扑在她怀里,姑娘站起身来,抱起小男孩开始转圈子,两人像旋转木马那样转呀转呀,小男孩的双腿平行抬起,她唱起了歌:"我眷恋风,那是女人的气息,因为女人就是风儿,我手里只捏着风。"①

  他背靠着墙滑落在地。他仰望天空。蔚蓝的天空勾勒出一片开阔的空间。他张开嘴想呼吸那湛蓝色,想把它吞噬下去,然后,拥抱了它,紧紧把它抱在怀里。他说道:"风儿吹走了气息。风儿带走了女人。因为风走得如此之快,我无法跟她说话,风儿拥着她摇曳飘逸,如同掀起一条衣裙。"

---

① 原文为西班牙语。

# 电　影　节

他问我对此有何想法。难以找到合适的言辞，时间晚了，我疲惫不堪，我本来真想去睡觉，我望着海湾的灯光，刮起了一阵湿润的清风，旅馆的晒台上剩下的那三四个经常晚走的人，要听懂他说的话挺费劲，尤其用一种对双方来说都是外语的语言。他不时地停下来以寻找确切的词语，在停顿的片刻里，我的注意力更分散了，一个受到监视的国家，他希望我能理解，我当然理解，我完全理解，虽然为了更好地理解，得亲自去体验，不过，我心里很清楚，在那些年代里，他所在的国家是受到监视的，准确地说简直是一个警察国家。"正是这样，"他说道，"一个警察国家，而我却是一个可怜的国家职员，因为当时一切都是国家的，您明白吗？我递交给电影节评委会的自传中，在'职业'这一栏我填的是律师，您想知道为什么吗？原因很简单，因为那曾是我的职业，我曾经是国家的一名律师，我代表国家为国家想判刑的那些人辩护，我不知道您是否明白这种恶性循环，当时我就处在那种恶性循环之中，接受恶性循环是我的职责之一,我是咬自己尾巴的狗,同时也是被狗咬了的尾巴。"然后,他又说道:"我们是否喝点儿什么?""的确是个好主意。"我赞同地说。"对我来说,那也许是一副清凉药剂,那天,他们让我们耐着性子看的最后一部影片中彩色的暴力场面,还残留在我疲惫的视网膜里。""彩色的暴力场面,"他继续说道,"可是,在我们那里,暴力是灰色的,连黑白的也不是,灰色,而当时我得适应那种灰色,因为我是国家一个灰色的职员,那个国家为了让国外相信民主是属于人民的,就像真的民主制度下那样,所以保证为被告配备一位官方辩护律师,只是我过问的罪犯没有犯盗窃罪、诈骗罪、谋杀罪,或者其他触犯刑法的罪行,他们犯的是不同政见罪,就是有跟国家不一样的想法,在公开或私下里表达过他们的思想,因为哪怕是跟表哥或者姐夫说了什么,他们也会去向国家的警方汇报的。"他停了一下,这时,招待员端来了我们点的饮料,不过我改变了想法,我想喝杯咖啡,一杯意大利式的蒸馏咖啡,在有些场合人得保持清醒的头脑,难得有这样的场合,我问他是否知道意大利成语,可能在他国家里也有相类似的说法,显然他知道这个成语。"保持清醒头脑,会有意外收获。"①他微笑着说道:"一条被人咬住尾巴的狗,最好把这当作儿戏,这样我就

---

① 原文直译:"如果你今晚不睡觉,就会逮住不寻常的鱼。"

不会太惨了,我是给您讲一只被人咬住尾巴的狗。"

风儿突然减弱,留下一个清澈的夜空,海滨大道上,有一群人唱起了《明净的天空》,早晨我们看了一部参赛的墨西哥影片,导演和演员们都知道不会赢得奖项,那是一部简单的影片,十分真实,就是那些在重要的电影节里不能获奖的影片,也许有个别敏感的影评家会提到它。"他们明白,他们就想碰碰运气。"我说道。"那么,从某种意义上说当时我也是碰运气,"他说道,"不过,当人们指望有一天能出一张稳赢的牌,即使弄虚作假也会去碰运气,这就是恶性循环的邪恶,如同阿喀琉斯①和乌龟,在纸面上是乌龟赢了赛跑,逻辑是严密的,但事实上阿喀琉斯就是阿喀琉斯,而你是乌龟。请您原谅,我离题扯到动物上去了,从狗扯到乌龟,而赛程中我们是同步出发的,从理论上讲乌龟能够比阿喀琉斯先到达终点,而终点就是赦免被告的罪行,但乌龟永远难以抵达那个终点,我就是艰难地跟随捷足阿喀琉斯的步伐后面,竭力不让他在抵达终点时离我太远,不过,反正是他在赛跑,这么说吧,我满足于落在他后面几厘米,我在朝就差几厘米的目标努力,我不知是否说清楚了,我给您做一个方程等式:差一厘米,相当于在劳改营里少干一年,差两厘米,少干两年,依此类推。有时候甚至可以满足于

---

① 赢得特洛伊战争的希腊英雄,有"捷足阿喀琉斯"的美称。

差几毫米。我试图一点点地追比分，差几毫米，相当于在牢里少待两三个月，那在人的一生中是何等漫长。比方说：我所辩护的人绝不是企图危害国家安全，不错，在他的套房里所找到的书籍都在法国出版了，但我提请尊敬的法院注意到，那都是些有关法国革命的书籍，正像我们所知，法国是结束了极端君主制的国家；而类似这样的事例，检察院从来不会提出异议、进行审问或提出请求，反正赛跑一开始比赛输赢就已定局，判决书早就写好，法官们只要用几分钟时间假惺惺地在议事室开个会，读一下已经装在兜里的一张纸条就是了，不过，他们是多么痛心疾首地聆听我的辩护，以及我根据当时我一点点追回的几毫米的比分，所作的宽容请求，或者要求恢复思想言论权利的演讲。"

他用手做了个手势，好像表示说够了，他收拾起桌上的香烟和打火机，把一张钞票压在付账的小盘子底下。"我不想再烦扰您了，"他低声说道，"您累了，这已是过去的历史。"于是，我亲切地用一条胳膊挽住了他，我们刚刚结识就这样似乎不太合适。"我们千万不能让黑夜吞噬这段历史，"他说道，"刚才我拘泥细枝末节了，"他说道，"请您原谅，我将尽力概括一些，何况，这段旧历史实质上很简单，或者说现在从我这里看来觉得挺简单，细枝末节会冲淡历史，某一天，一个命中注定的日子，我会连几毫米的距离都赢不了，而是绝对的零，我就会留在起跑线上，我能认定的是，我的当事人当时没有能力理解和期望，不过，这也是站不住脚的，对于一个从未对当局有过不同政见的有才华的记者，那不是一种可以减轻罪行的理由，可是怎么说呢？这样的一个人难道不该对其行为负责吗？他们甚至会当面取笑我的。案情是这样的：当事人在一家德国周刊上泄漏了有关当局实施镇压的一些文件，他在内务部有个内线，早已悉心准备好资料，并事先得到了去法兰克福的护照，想就西德的腐败写一篇报道，您想想，他本来应该于一月十日过境，而一月十二日，一个星期六，周刊将会把他署了假名的一篇报道连同资料的影印件一起发表。我不知道发生了什么事，周刊早就有资料的影印件，也许是怕资料出问题，你们的新闻界总是担心新闻过时，必然的事情从来不发生，意想不到的事情却总是发生，有人写了文章，这就是意想不到的事情，一桩提前发生的常事，这是乌龟的处境，这已不是赢得几毫米距离的事，也许我可以让他们依法判他进疯人病院，这比服劳役稍好一点儿，因为关进疯人病院的知识分子不会吃太多苦，并能受到更多的尊重，不过从精神层面来讲，却更糟糕，当我站起来为他作辩护时，我觉得自己既不是狗，也不是乌龟，倒觉得自己是一条虫，反正降低到生物范畴上看是这样的，不过，正像我前面说的，必然的事情从来不发生，意想不到的事情却总是发生。意想不到的事情就是：法庭的门开了，进来一位传达员，他领着一位先生一直走到法庭的席位上，那人高高的个子,有几缕灰白的头发,我想那也许是一位司法官员,他把手里拿着的一张纸递给法官们看,法官们轮流传阅,并开始交换意见。审判长向传达员示意,那人走到法庭门口,让一位带着一架摄像机和一个麦克风的年轻人进来,年轻人把麦克风安置在审判厅中央,然后打开支架把摄像机按上,以便从正面对准法庭,对准我以及被告的背面摄像。审判长示意我站起来,轮到我为被告辩护了,我觉得肩上的法袍似乎格外沉重,待在那个冰凉的审判庭里我突然感到热得不行,我辩护的案子实在太难了,不过,我很自信地发表了我的辩护词,尽管也许毫无用处。就像我说过的那样,法官们在议事室里只待几分钟,那种民主制度下的法官都急着想回家,尤其是在冬天,华沙的街道上一片冰天雪地,最好赶在天黑之前回到家。可是那天他们迟迟不赶回家的路,时间一分钟一分钟地过去了。审判厅里一片寂静,您简直无法想象,说是像在坟地里那样静谧,是一种老生常谈,可是,我找不到别的词来形容,为了对我们国家一位优秀作家表示敬意,我可以对您说,那是一种在阴间里那样的寂静。全体审判官终于重新返回法庭,在宣读判决书之前,审判长特意说道:'犯错误是人之常情,而坚持不改是罪恶的,法庭认定被告是不会坚持不改的,他是一位当局和民众十分尊敬的人,他不至于会坚持错误,这就是判决书,我们期待他当众承认自己的错误作为弥补,党的日报届时将为他提供方便予以发表。'尽管他们为他找到了一条最苛刻的出路，因为就像在斯大林时代的审判法庭那样，他们要他承认自己是有罪的，但他们没有判他刑，也没有勇气判他刑，那个年代里，在我的国家这真是非同寻常。我向我的当事人表示庆贺，他脸上显出一种怀疑的表情，我急着要走出审判厅想认识那位潇洒的先生，一个给猛兽施了魔法、在观众眼皮底下更换了马戏团节目的魔术师。他并不觉得这有什么奇怪的，艺术家有时候就是如此，之前我从未亲眼见过那个摄像师，我只知道他的名字，我想知道的是他为什么会那样闯入法庭。可这是什么问题啊，那根本不是什么闯入，他只不过是国家电影制片厂的一个拍纪录片的导演，电影制片厂也是机构，他想拍一部有关审判被指控从事反政府活动的公民的纪录片，就这样，他要求国家给予正当的允许，国家自然也给予许可，因为一个国家机构不能禁止一位导演拍摄跟国家有关的审判。自然，所拍摄的一切资料都得经由高级官员筛选，在剪辑之前得到正式认可，当然，通常是永远得不到认可的，不过，那是次要的事情，因为重要的是拍摄现实，而那些官员得把现实的东西存放在档案里面，他们不能把它扔掉，而我跟他一样，深知国家的官员，在这种情况下就是法官们，是不愿意自己被国家的高官来评判的，因为我们的国家建立在相互猜疑的基础之上，协调的唯一因素，就是让它站住脚：把我们的现实拍摄下来是为了存入档案里，这就是拍摄的目的，当时我应该满意了吗？"说到这里，我问他是否可以把那位摄像师的地址给我，最好避免打电话，我将很高兴跟他聊聊，我是一个电影爱好者。"不过，我没有马上去找他，实际上我对电影兴趣不大，在时间合适时去拜访，采访的时间不会太长，否则我就会把它写成电影剧本了。那是在冬末，他在其套房里接待了我，一个简朴的住所，里面尽是些书籍和海报，那个年代里我们都很穷。我对他说，我有另一桩案子想建议他拍成纪录片，一次比先前更为复杂的审判，一桩值得留在档案里的案子，因为被告不是一个人，而是一场演出，我不知道是悲剧还是喜剧，随您怎么说好了，那是在剧院里演出，其实是一场没有脚本的演出，几乎没有台词，用的是肢体语言。有一位导演，那是真的，节目演出中有台上表演的演员们，有配音乐的作者，有灯光主任，还有舞台布景师，不能把这些人都带到被告席上，总之，没有一句与国家理想相左的言辞，可以这么说，被告就是把那个节目搬上舞台的方式，被看作是颠覆性的，然而，甚至连起诉书都不清楚，人们怎么能指控一种表演方式呢？'您来拍摄一次假审判吧，'我对他说道，'一次纯粹的假审判。'他来了，拍摄了检察院宣读起诉书，起诉书的宣读是那么滑稽可笑，甚至连检察院都觉察到这一点，法庭忽然开始犹豫起来，无须退回议事厅，审判长反驳说指控没有法律根据，并宣布演出是可以进行的。然后，过了好几个月，也许有一年吧，那段时间我不需要去找他。直到有那么一天,我不得不又去按他的门铃。不过,这次可不是关于一场演出,而是有关现实,有关一个人的生命,我是这样说的,因为他们对那个人要做出判决,等于生生地把他活埋了。我给他陈述了案情,他专注地听了我的陈述。真遗憾,他说,他本来会很高兴来的,只可惜他暂时不拍纪录片了,电影学院把胶卷都拍完了,他要求有关当局供应他胶卷,时间已过去一个多月,但他们还是没有办法再提供给他,我比他更了解我们官僚机构的拖拉作风,胶卷可能过了夏天后才能弄到。对于我来说,那是一种刺激,我相信我当时都来不及去想我所说的那句话,我说:'大师,您不带胶卷也得来。'"

他停顿一下,点燃了一支烟,他迟疑踌躇了,好像生怕没有人会相信他所说的。"我参与辩护的其他几场审判就这样都被拍摄下来了,"他接着说道,"用没有装胶卷的空摄像机,而每次判决一般都是宽大为怀的。他实实在在拍摄下来的那部连半个小时都不到的纪录短片,被埋没在业已消亡的国家档案里了,而接着拍摄下来的至少有几个小时的所有片子,就是用不带胶卷的摄像机拍下来的形象,却是最激动人心的,不过,这些形象仅仅活在我记忆的档案里,有时候我似乎看见那些形象出现在这晴朗的五月夜空中。"他沉默不语了,使我明白他没有别的要补充了,他举起酒杯为唯有他才知道的某些事情祝酒,而后他说道:"现在您明白为什么我在'职业'这一栏里没有填写编剧了吧,不过,这并不重要,整个故事中最滑稽可笑的,是我为了说服他不带胶卷来拍摄审判实况而对他说的那句话:'大师,这关系到现实,而不是一部影片。'您想想,我说的话有多愚蠢:'大师,这关系到现实,而不是一部影片。'如今,他已经不在我们中间,这个电影节是他全部电影创作的回顾展,不过他最重要的影片,就是那部没有拍摄在胶卷里的影片不在这里。我有一种意愿,我不知道那是一种怀念抑或是一种惋惜:作为一种预卜,我真想让他从黑夜里冒出来,哪怕只是一瞬间,为了我说过的那句话跟我一起笑。"

他站起了身。他做了一个在我看来毫无意义的大动作,仿佛他是在拥抱夜晚。"为我的那句话,"他又补充说道,"不仅仅是那句话,而是其他很多唯有我和他听了才会发笑的话,真的是很多话,现在已经不可能说了,不过,我生怕妄用了您的耐心累着了您,我们明天早晨首映式上再见,那是由一本畅销书改编的影片。晚安。"

## 布加勒斯特依然如故

他待在那个地方挺舒服的,实在太舒服了。他是否太夸张啦?不,他并不夸张,"比待在家里舒服,"他说道,"有现成的饭吃,有人整理床铺,一星期换一次床单,有完全归我支配的一间屋子,甚至还有一个小阳台,外面的景色倒的确不怎么样,看到的是一片水泥建筑工地,但从放着小桌子和藤椅的公共阳台上可以欣赏美丽的全景,整个城市映入眼帘,右边濒临大海;这不是一所养老院,是一家旅馆。"他近乎恼怒地说道。有时候老人们说话就那样,他不敢反驳老人。"爸爸,"他低声说道,"你别激动,你在这里挺好,这我明白。""可你什么都不知道,"老人嘟囔道,"你知道什么呀,你这么说是为了让我高兴,你生在这个国家是你的福气,当初我和你母亲离家出走时,你母亲肚子都那么大了,你从未想到过,如果当初我们走不成,你不就变成一个脖子上挂着红领巾思想激进的小青年了吗?当杰出的总统夫妇向人群表示祝福乘坐车队经过时,你不就是那站在一旁欢呼的一个童子军了吗?你知道那时你挥动着小旗子会怎么呼喊吗？'领导我们人民走向光辉未来的领袖万岁！'你就会那样成长起来，哪能像在这里，你除了学会了几种语言，还掌握了那么多文化和语言学，否则你哪里还学什么语言学，倘若你不服从那对杰出夫妇所奉行的'把人民引向一个光辉未来'的理想，他们会把你的舌头缝起来。"

"兴许老人说完了，"他想，"现在他发泄完了，他累了。"本来他还想说些什么，为了不重复前面油然而生的观后感。我同意你的意见，爸爸，你别激动，你刚才说了，你在这里过得挺舒服的，比在家里好，我也是这么想的，别提过去的事情了，别去想它了，已经过去那么长时间了，爸爸，求你了。但他找不到别的词语，只是说："我同意你的意见，爸爸，你别激动，你刚才说了，你刚才说了，你在这里挺舒服的，比在家里好，我也是这么想的，别提过去的事情了，别去想它了。"老人没有让他说完，该轮到老人说了，他这样是有理由的，他目光茫然，抚摸着自己的膝盖，像是想揉平裤子上的褶皱似的，他坐在那张带软垫的扶手椅上，后颈窝垫着一个白色靠垫，凝视着搁在床头柜上那银质镜框里的一张照片。那是一个男孩和一个女孩的照片，他们拥抱在一起，男孩的右臂搂在女孩的腰部，女孩把一只手放在男孩肩上，几乎没有搭着他，好像不好意思被人照下来似的，她头发上系着一条带子，蓬松的发型，一件朴素的衣服，式样令他想起战前的某些电影，真奇怪，他在家里总看到他父母亲卧室多屉柜上的这张照片，有一次，还是在他孩童时，他曾经问过他妈妈他们是谁，她回答说："是你不认识的人。"

"直到昨天那对残忍的夫妇所到之处还始终得到所有的最高荣誉，这你知道吗？"老人顺着自己的思绪继续说道，"这你究竟知道不知道？"他没有回答，只是微微地点头认同。"爸爸，不是昨天，"他只敢低声说道，"早在十五年之前他们就被人杀掉了。"老人没听见。"他们授予她几个荣誉博士学位，这成了她当上伟大女科学家永恒的缘由，"他继续说道，"她发明了一种神奇的药剂，一种能使人永葆青春、能留住时光的果子露，那可不是那个俄罗斯庸医施用的猴子腺体组织、面糊、蜂王浆，或是黑海的淤泥，由于她那神奇的发明，那些现在你经常去的国家的首脑们都把她当作人类福星似的欢迎，在法国、意大利、德国她都获得了一大堆荣誉学位，是否也在你所在的学校获了奖，我记不清楚了，总之，现在你在哪里教书，在罗马吗？你别忘了种族主义的法律可就是在那里诞生的，就在那个我们把你生下来的美丽国度里，一些左翼人士、极端法西斯分子正前往参观访问，他们得到了盛情接待；截然相反的是，在我和你母亲出生的国家里，前去访问的是一些热衷于光辉未来的人士，使人永葆青春的伪科学吸引着他们，那些像我一样业已老朽而不服老的人崇尚伪科学，他们在豪华的黑海海滨旅馆下榻，但早晨不吃饭，光喝两勺神奇的蜂王浆，然后自由自在地到专供他们进步分子或自然主义者享受的海滩上沐浴，留神观察自己的小腹，看看第一夫人研发的保健品疗效如何。她原本是个护理卧床病人的女护士，在这样那样的地方给老人的屁股底下塞尿盆，她的科学生涯是从那里开始的，后来她嫁给了人民的领袖，成了女科学家。你刚才告诉我说你明天回罗马？如果你有机会碰上，你替我向那个人致意，就是那个当他在窗口一出现，当他去到我年轻时他们常带我去度假的那些地方参观时，电视台就转播的那位。他总是穿着精致的便鞋和一件与当地颜色相配的白色长袍，纯洁无瑕，哪怕他能穿上在某些场合显得严肃些的一件袈裟呢，他用那娘娘腔的声音心血来潮地好像总说个没个够？他一个劲儿地叩向上帝，自然是他的上帝，为什么上帝不在，为什么没有上帝，上帝在哪里。这是什么问题哪。上帝与我们同在。①我的孩子啊，他就在那里呢，跟他们在一起，就在守卫铁丝网的哨兵身旁，我们之中有些人多少次想到要逃跑，尽管我们当时连脚都站不稳。"

他点燃了一支烟，他把那支烟藏在放药抽屉中的一块餐巾里。"你走的时候，"他说道，"得打开窗，如果女护士发现了，会对

---

① 原文为德文。

我发火的,她是个好心的女人,但她严守规章制度。这里的人都特别循规蹈矩,总之我在这里比在自己家里好得多,何况我的家本来也不是什么王宫,再说,你还记得市政府派给我的那个社会福利助理员吧,当初他们打算让她每星期照料我四个小时,你想想,那位固执的乌克兰女人把我当作一张盖有印花税戳的公文纸那样望着我,她连一句罗马尼亚语都不会说。何况,对于像我们这样的人来说,现在我想的是你母亲的家庭,在乌克兰他们得到了他们应有的,你分派给他一个乌克兰女人当社会福利助理员,一个木瓜脑袋,如果你对她讲罗马尼亚语,她就假装不懂,并且用她的语言回答。"他本想对老人说:"爸爸,请你别瞎说了,她没用乌克兰语说话,她说的是希伯来语,而且她没有假装听不懂罗马尼亚语,她是真的听不懂,是你从来不想学会正确地说希伯来语,你总是固执地说罗马尼亚语,跟我也是这样,我感激你这样做,因为你把你的母语教给了我,但你不能把它当作是一个民族问题,我明白你的问题所在,当你和妈妈来到这里时,你已经四十多岁了,已经不容易学语言了,但你不能以此来错怪社会福利助理员不对你说罗马尼亚语。"可他情愿什么都不说了,因为这时老人又自言自语起来,回到似乎业已结束的话题上。"请你别再让我一再重复说,"老人说道,"我在这里像住在旅馆似的,如果你想留在罗马教你的书,别觉得心里过意不去,你看这房间多漂亮。这样的旅馆我生平还从未住过,你很难想象我跟你母亲在离开那个阴沟洞似的地方时是什么样子,你不能想象我离开久病后的兄弟的那个地方,那不是养老院,是纳粹德国的集中营,罗马尼亚人民伟大领袖的集中营。我离开他时,他坐在一张轮椅上,待在走廊里,他竭力想跟随我们到门口,但他连一毫米都挪动不了,领袖的养老院里的轮椅是用钉子钉死的,当时他大声地祈祷,呼喊着我,背诵犹太教法典,想让我停住脚步,你明白吗?要是我和你母亲走了,就没有人会去看他,去照料他,然而在那种时刻,即使我想哭泣,也得竭力掩饰自己的眼泪,那些穿着白大褂的凶横女医务人员都在看着我,那些护士都是内线化装的。我是说,在那个时候,反正不能对一个兄弟这样哭哭啼啼的,换成你,尽管你没有兄弟,会对你的兄弟这样吗?当时我转过身去大声说道,故意让穿着白大褂的内线们听见:'我们两人一起逃脱了科德雷亚努①的集中营,但唯有我一个人从我们领袖的集中营出来了,整整五年,我亲爱的兄弟啊,由于我得到了再教育,我可以走了,因为对受到过再教育的人他们是发签证的,而对于我经受的再教育,我将保存一种全然个人的记忆。'"

---

① 科尔内留·泽莱亚·科德雷亚努(1899—1938),罗马尼亚极右翼政治人物,一九三一年创建亲法西斯的铁卫军。一九三三年入狱,后由政府下令处决。

老人沉默了，似乎他说完了，然而他并没有说完，那只是一阵间歇，他需要喘口气。"儿子，你要知道，"他继续说道，"你想把你的回忆讲述给别人听，那些人听你的讲述，也许他们什么都明白，甚至连细微的差异都明白，可是那种回忆仍然是你的，仅仅是你的，不会变成别人的回忆，因为你是把回忆讲述给他人听，回忆只能讲述，不能传递。"鉴于话已说到这里，儿子就说："爸爸，说起记忆，医生告诉我说，你拒绝服药，女护士发现你假装吞服药片，然后你把药吐在洗脸池内，你干吗这样做？""我不喜欢这些医生，"老人喃喃地说道，"他们什么都不懂，你相信我，他们是些无知的大学者。""我想不难理解，爸爸，"他反驳道，"他们只是想帮助一位你这种岁数的老人，如此而已，何况诊断是令人鼓舞的，没有原来担心的严重病理问题，不然，你的态度倒是可以理解，因为那就不是个态度问题，而是一种纯病理学迹象，可从你的情况看来是一个态度问题，或者说，是一个纯粹的心理问题，医生是这么说的，因为这样，他们给你开了这些药片，是一种剂量十分轻的精神药品，没有什么，一种简单的心理支持。"老人以一种像是嘲笑的表情看了他一眼，也许他的声音里也隐含着一种讥讽的语气。"帮助，"他说，"当然，是帮助，他们想让你的记忆跟明镜似的豁亮，这是要害，让记忆运转起来，按照他们的意愿，并不是按照记忆本身的意愿，使记忆不再听命于记忆自己，听命于本性，而本性并不是几何形状，你不能按照一幅美丽的几何图画把记忆勾勒出来，记忆是根据当时感受的情景，抑或是什么别的而呈现其形状的，不是按照那些大夫的意愿。他们把你的记忆三角函数化了，就是这个词，使他们能对记忆加以度量，就像一颗骰子似的，这样他们就放心了，骰子有六个面，你在围着它转圈，能看到所有六个面，你觉得记忆像不像一颗骰子？"他用手做了个示意，像是赶走一只苍蝇似的。他沉默了。双手不再在裤子的膝盖上揉褶皱。他紧闭双眼，脑袋靠在扶手椅的垫子上，像是睡着了。"许多年以前，"他喃喃说道，"我老是做一样的梦，梦见自己在德国纳粹集中营里，我十五岁起就开始做那样的梦，这种梦半辈子都跟着我，很少有一个夜里不做这种梦。那其实并不是一个梦，因为梦再怎么不连贯总是有个故事的，而我的梦仅仅是一个形象，就像一张照片，而且，是我的头脑拍下的照片，如果我可以这么说的话，因为我就站立在那里，望着一片浓雾，霎时间，咔嚓一下，我的头脑拍下了一张照片，在我面前勾勒出一道风景，甚至都谈不上是什么风景，一道什么都没有的风景，仅仅是一道栅栏门，一道白色漂亮的栅栏门，朝一片虚无的风光敞开，就只是那个形象，没有别的，而我的梦只是我望着那种我拍摄下来的形象所感受的东西，因为梦并不是真实发生的事情，而是你在生活中所感受到的激情。我很难跟你解释清楚我所感受的激情，因为激情是无法解释的，激情要得以解释,就得转化为情感,就像巴鲁克①理解的那样,然而梦并非是把激情转化为感情的合适之地,我可以告诉你,那是一种很大的折磨,因为你同时感到有一种强烈的愿望想疾步穿过那道栅栏门,投身于那个未知的虚无之中,朝无名之地逃跑,但同时有一种羞愧之感,如同一种没有犯的过失,害怕听到我父亲责备我的声音,不过在那个梦里没有任何声音,那是生怕听到声音的一种无声的梦。我们来到这个国家的第一天晚上,那个梦就消失了。当时我们在雅法②你不认识的一些朋友家睡觉,他们死得早,我们只带着两个行李箱,都放不下你母亲的衣服,空气中弥漫着战争的气息。不过,在这个国度里,这种气息从未中断过,我们睡在晒台上临时搭起的行军床上,天气很热,听得见远处的警报声,马路上传来的那些响声,对于习惯于布加勒斯特夜晚寂静的人来说,颇有些令人不安,不过那天夜里我还是像个小孩子似的睡着了,而且不再做那种梦了。"

老人停住不说了。他睁开眼睛一会儿,过后又合上了。老人又开始那么低声地说起来,以致他不得不凑向前去倾听。"上个星期那个梦又回来了,"他喃喃地说,"一模一样的梦,还是那扇非常

---

① 伯纳德·巴鲁克(1870—1965),美国金融家和政治家,一九四六年向联合国首次提出控制国际原子能的计划。
② 以色列在地中海的港口城市,与特拉维夫连成一体。

白的铁栅栏门,显然,梦是不会生锈的,而且伴随着梦的激情也同样不会生锈,那个梦就像我从前感觉到的那样,还是那样折磨人,我还是想疾步跨过栅栏门去看看后面究竟隐藏了什么、想看看那道门通向何方,不过有某种东西留住了我,但不是我父亲的声音,我的梦就是一部无声电影,不会发出声音的照片一样,那不是我父亲的声音,要是我能听到他的声音就好了,而是害怕听到他的声音,好了,不说了。"

他睁开眼睛,坚定地问道:"你什么时候走?"儿子回答说:"星期三,爸爸,不过我一个月后会再来望你。""别浪费钱了,"老人说道,"从罗马飞到这里,一张飞机票得多少钱哪。""爸爸,"他一边告别一边说道,"你就别像犹太老头子那么吝啬了吧,拜托。""我是个吝啬的犹太老头子,"老人说道,"我不是个吝啬的犹太老头子,还能是个什么呢?你走之前请务必打开窗户,要是女护士闻到烟味,会发火的。"

幸好他只有一件够周末需要的手提行李,否则等在行李传送带旁边不知要浪费多少时间呢,这他知道。当他从抵达坪出来到机场大厅时,一道比在罗马更强烈得多的光线令他睁不开眼,首先他感到很热,令他几近惊诧,好像他忘了四月底的特拉维夫实际上已经是夏天了,熟悉的香味刺激着他的食欲。附近大概有零售炸糕的流动小车，他环顾四周，因为他想买一小袋炸糕带给他父亲，他深知他会听到父亲说，那种炸糕与他母亲做了一辈子的罗马尼亚面包圈没法比，可是在本·古里安机场甭指望能买到面包圈，而在卡梅尔市场附近的一家罗马尼亚酒吧倒有可能买到，不过由于交通不便，不知得浪费多少时间呢。他找到那个卖炸糕的小矮个子，买了一小袋，而后就排队搭乘出租车。他遇上一辆由一个巴勒斯坦小伙子开的出租车，那小伙子显得很稚嫩，嘴唇刚刚长出一点儿胡须，乍一看上去还未成年似的。小伙子跟他说阿拉伯语，免得逼他说犹太语。"你有执照吗？"他问小伙子。那小伙子瞪大眼睛看了看他。"您是想让人把我抓起来吗？"他回答说，"这些人谁都抓，莫名其妙就得去蹲监狱。"小伙子的回答令他惊诧。"这些人谁都抓，这些人是谁？他的国家，"他想道，"这些人就是指他的国家。"他大概地跟小伙子说了目的地。"在本·耶乎达那边，"他说道，"然后我告诉你确切的地方。""一个豪华的地方。"小伙子带着一种狡黠的微笑提示道。"十分豪华，"他回答道，"是个敬老院。"出租车刚进入交通要道，他想到一个主意。"你认识一家上好的巴勒斯坦点心店吗？"炸糕已经买了，他不想花时间去寻找面包圈，何不给父亲买一种巴勒斯坦特产呢？他整个童年时代里都听人说，罗马尼亚的犹太人就相当于以色列的巴勒斯坦人。"我认识一家特别好的巴勒斯坦点心店，"小伙子热情地回答道，"我兄弟在那里工作。他们甚至还做一种甜点巴科拉瓦①,别的地方都买不到的。""巴科拉瓦不是巴勒斯坦的,是伊拉克的,"他反驳道,"很抱歉,是伊拉克的,我可不想冒犯你。""根本不是伊拉克的,"小伙子回答道,"那东西很好吃的。"

门房的女护士对他说,他父亲很可能在公共大晒台上,那正是给客人上茶的时刻。他发现父亲由三个朋友陪着坐在一张小桌旁。茶杯旁边有一副纸牌,也许他们刚玩过一盘。看到父亲站起来,还伸开双臂高兴地过去迎他时,他惊诧极了。

他们坐在靠边的一张小桌旁,他把两包点心放在桌上,他还没来得及说句话,他父亲就问他要不要来一杯茶或一杯咖啡,他从未看到父亲这么关心过人。"你怎么样?"他问老人。"很好,"老人回答说,"我从来没有像现在这样好过。"他眼睛里有一种狡黠的神情,几乎像是为了什么事情要跟他达成默契,在跟他使眼色似的。"你睡得好吗?"他问老人。"比小孩子都睡得好。"老人回答说。阳台在最高一层,围绕着大楼房,但是从他们坐的桌子望过去,看不到大海,只看到城市在午后阳光下闪烁发光。他们默默地待着。他父亲问他要一支香烟。他不抽烟,不过在机场买了一包,他去找父亲之前总要买香烟的。老人靠在椅背上,满足地抽了一口

---

① 一种中亚、西亚传统甜点。

烟，用手臂做了一个动作，好像是向一位来访的客人展示某种属于他的东西，他指了指展现在他们脚下的城市。"我很高兴你回到我的国家来，"他说道，"是时候了。"他用胳膊重又在空中做了个手势。"这么多年来，布加勒斯特依然如故，"他微笑道，"你不觉得吗？"

## 意想不到的事

事情是这样的。

男子从意大利的一个飞机场登了机,因为一切都是从意大利开始的,是米兰还是罗马无关紧要,重要的是在意大利一个机场搭乘可以直飞雅典的航班,在雅典短暂停留后,从那里转机乘坐爱琴海航空公司的航班去克里特岛,因为他对此有把握,也就是说,男子曾经乘坐爱琴海航空旅行过,那么,他在意大利乘坐一架飞往雅典的飞机,然后下午两点左右从雅典换机去克里特,他这是在希腊航空公司航班表上看到的,这就意味着男子大约在下午三点到三点半光景抵达克里特。对于经历了那个故事的人,故事中出发的机场至关重要,那是二〇〇八年四月底的某一天早晨,一个阳光灿烂的日子,几近夏日。这并不是一个无关紧要的细节,因为正要登机的那个男子,是个谨小慎微的人,他十分重视天气,密切关注着报道全球气象实况的一个卫星频道,他看到在克里特天气确实很好:白天二十九度,万里晴空,湿度在可以接受的范围内,一种海洋性气候,对于想躺在一片白色海滩上舒展筋骨的人来说,天气很理想,就像他的导游手册说的那样,浸泡在蔚蓝的大海中,享受一次值得的假期。因为这也是正要经历这个故事的那个男子旅行的动机:一次度假。而他的确也是这么想的,他坐在罗马费乌米奇诺机场国际航班的候机室里,等待着高音喇叭招呼他登机。

他终于上了飞机,舒适地坐在商务舱里——那是一次出差旅游,这在后面可以看到——航班乘务员的悉心照料令他放心。他的年龄很难断定,连知道他正要经历的故事的人也说不准:可以说五六十岁吧。瘦瘦的,很结实,样子很健康,灰白色的头发,细细的金黄色小胡子,颈脖上挂着塑料制作的远视眼镜儿。职业。对此,连知道他故事的人也没有把握。可能是一家跨国公司的经理,一个在办公室度过一生的不知名的生意人,而有朝一日公司总部会承认其业绩。也可能是一个海洋生物学家,一个从显微镜里观察海带和微生物、离不开实验室的学者,他有能力认定地中海也许会像几百年之前那样变成一个热带性海洋。可他觉得就连这种假设也不太能令人满意,研究海洋的生物学家们也不总是待在他们的实验室里,他们会去海滩或礁石上,可能会浸泡在海水里,提取他们个人科学研究的样品,而坐在去雅典的一个航班商务舱靠背椅上的那个打盹的乘客,外表可真不像海洋生物学家,兴许他是个周末上健身房锻炼体格以保持完美体型的男子,没有别的。可是,如果他真的上健身房，那又是为什么呢？外表看上去他那么年轻，还有必要保持体型吗？真的没有理由：他把女人看作是生活中的伴侣，跟女人的关系早已结束了，他没有一个女伴，也没有情人，他独自生活，除了人人都会碰上的几次艳遇外，他回避与女人有密切关系。也许他是个自然主义者，这是可信的猜测，一个卡尔·林奈①的现代追随者，也许他跟其他的药草和药物专家去盛产药草的克里特开研讨会。有一件事情是肯定的，他正跟与他一样的学者们赶去开一个研讨会，他这次旅行是对他整个一生工作和奉献的一种奖励，研讨会在罗希姆诺②召开，他将在一家由一排平房组成的旅馆下榻，距罗希姆诺没有几公里，下午有一辆公务车将把他带到那里，而每天上午他都可以自由支配。

男子醒来了，他从机座的插兜里拿出导游手册，寻找他要下榻的旅馆。结果令他颇为放心：旅馆有两个餐厅，一个游泳池，卧室里有卫生间，旅馆冬天关门，到四月中旬才又开放，这意味着那里的游客很少，经常前往的顾客，导游手册所形容的那些渴望阳光的北方客人，还待在他们北方的小屋子里呢。麦克风里热情的声音请乘客们系上安全带，飞机开始朝雅典降落，大约二十分钟之后就要

---

① 卡尔·林奈(1707—1778)，瑞典自然学者，现代生物学分类命名的奠基人。
② 希腊城市，位于克里特岛北岸。

着陆。男子合上小桌子,竖起座椅的靠背,把导游手册放回到插袋里,从对面座椅的行李架网里拿出空姐发给他的报纸,先前他没有太在意那份报纸。那是一份附有很多彩色副刊的报纸,就像如今周末报刊上常有的那样,有经济和金融副刊,有体育和装潢设计的副刊,还有增刊插图,他避而不看所有别的副刊,就打开增刊插图。封面上有原子弹蘑菇云的黑白照片,标题是"我们时代的伟大形象"。他开始不太情愿地翻阅着。在看了两位服装设计师和一位裸露上身的年轻小伙的广告之后,他立刻想到那也许就是我们时代的一种伟大形象,我们时代第一个真正的形象:冲绳岛上一座房子的石板,上面有被原子弹热能熔化为液体的一个男性身躯留下的影子。他从未见过那种形象,他为此惊诧不已,同时感到自己有某种愧疚感:那种事情在六十多年之前就发生了,可他从未见过,这可能吗?石头上留下的影子是侧身的,他从侧面仿佛认出了他朋友费路乔,那是在一九九九年元旦,半夜之前他莫名其妙地从卡富尔大街一座楼房的第十层纵身跳下,一九九九年十二月三十一日跳楼的费路乔摔在地上留下的影子,怎么可能与一九四五年一个日本城市的一块石板上留下的人体侧影相像呢?想法很荒唐,但是却荒唐地掠过他的脑海。他继续翻阅杂志,同时他的心脏开始以很不规则的节奏跳动,一下、两下、间歇、三下、一下、间歇、两下、三下、一下、间歇、间歇、两下、三下,这就是所谓的期外收缩,不是病理性的问题,心脏科大夫经过一整天的检查后曾很有把握地对他说过,仅仅是心情焦虑的问题。可现在又是为什么呢?不可能是因为那些形象引起他激动,那是些遥远的事情了。在一种恐怖的背景下,那个举起双臂朝照相机跑去的裸体女孩子,他见过不止一次了,但并没有引起那么强烈的反应,可现在这种形象竟引起他强烈的不安。他翻过页去。一名男子合掌跪在一条沟边,一个看似有虐待狂的少年用一支手枪顶住其太阳穴。"红色高棉。"旁注上这样写着。为了让自己平静下来,他强迫自己想道,那也是些在遥远的地方、如今也是遥远时代里发生的事,但是光想还不足够,一种奇怪的激动情绪,几近是一种思绪,从反面对他说:那种暴行就发生在昨天,而且就发生在那天早晨,就在他登机的时候,像施魔术般地铭刻在他正在翻阅的杂志页面上。这时飞机上的高音喇叭通报说:因为过境问题,他们将推迟一刻钟降落地面,乘客们可以借此机会俯瞰全景。飞机朝右倾斜,转了个大弯,从对面的机窗可以瞥见蔚蓝大海映衬下的白色雅典城,中间是一大片绿地,肯定是座大公园,然后是古希腊的卫城,卫城和万神殿都看得十分清楚,他感到手掌心汗湿了,他寻思是否因为飞机在空兜圈子而感到些许紧张,同时他看着一张体育场的照片,上面有一些戴着钢盔的警察端着冲锋枪对准一群光着脚的男子,下面写着:智利圣地亚哥,一九七三年。那张照片旁边的那页上好像是一幅电影剪辑,肯定是一种特技摄影，不可能是真的，他从来没有见过：教皇约翰·保罗二世跟一位穿着制服的将军出现在一座十九世纪建造的大楼阳台上。教皇毫无疑问是那个教皇，将军毫无疑问地是皮诺切特，涂满发蜡的油光光的头发，肥胖的脸庞，留着小胡子，戴着遮阳眼镜儿。旁注上写着：教皇陛下正式访问智利，一九八七年四月。他开始快速翻阅杂志，好象急着翻完似的，他几乎不看照片，但是在一张照片上他不得不停了下来，一个背对警车的少年，像是欢呼他所痴迷的球队进了好球似的举着双臂，但仔细一看就明白了，他是正在往后倒下，某种比他厉害的东西把他击倒了。上面写着：热那亚，二〇〇一年七月，八国集团会议。八国集团会议：这个词令他产生一种奇怪的感受，好像某种能让人理解同时却又感到荒谬的东西，能让人理解，却又荒谬。每张照片都像圣诞节时那样有一块是银色的，上面写着字体很大的日期。已经翻到二〇〇四年，他迟疑了，他没有把握是否还要看下一张照片，同时飞机还继续在空兜圈子吗？他翻过页去，一个光着身子的人软瘫在地上，显然那是个男子，但照片上隐秘的部分很模糊，一个穿着迷彩服的士兵像是在踢一个垃圾袋似的伸腿踢人，被绳套系着的狗想咬那人的腿，狗的肌肉很紧张，因为绳子勒着它，士兵的另一只手上夹着一支烟。上面写着：阿布格拉依本监狱，伊拉克，二〇〇四年。那张照片以后，就到了他所在的年份，公元二〇〇八年大赦之年，就是说，与他想到的那个事情同时发生的，尽管他并不知道是什么事情，但在同一年。跟哪种形象同时发生的呢？他不知道，不过，他没翻过页去，此时飞机终于降落了，他看到下面飞驰的断断续续的白色跑道，因为速度太快都连成了一条带子。他抵达雅典了。

韦尼泽洛斯机场像是崭新的，肯定是借奥运会之机修建的。他庆幸自己能够顺利抵达飞往克里特的候机厅，避免了读英文字牌，他在高中时学的希腊语还用得上，好奇怪。当他在哈尼亚机场下来时，没有立刻意识到已经抵达目的地了：从雅典到克里特不到一个小时短暂的飞行期间，他睡得很沉，把什么都忘了，他觉得甚至把他自己也忘了。以至于当他从飞机的云梯下来，感觉到非洲那样强烈的阳光时，他问自己在什么地方，为什么来到这里，甚至都不知道自己是谁了，而怀着那种莫名的惊诧心情，他甚至感到很幸福。他的行李箱及时到了机场的传送带上，一走出登机厅，就有租车服务，他记不得说明上写的什么，是赫兹或者安飞士？不是前者就是后者，幸好他猜了前者，连同车钥匙他们还给了他一张克里特的交通图，研讨会日程安排的一份影印件，旅馆的预订单，以及抵达旅游度假村要走的路线，参加研讨会的人已在那里下榻了。不过他已经记在脑子里了，因为他反复研究过那份附有详细交通路线的导游图：从机场下来直奔滨海大道，必定得往那个方向走，除非你不想往马哈蒂海滩走,得往左转,否则你就往西边去了,而他在往东朝伊拉克利翁①走,在多马旅馆前面经过,行驶在韦尼泽洛斯大街上,顺着表示高速公路的绿色牌子,而实际上那是一条超级公路,沿着海滨超级公路,过了得避开的度假胜地耶奥伊乌波利斯后不久就出公路,再顺着"海滨度假酒店"的标志走,很容易就找到了。

停在阳光底下的黑色大众牌汽车都发烫了,不过,他把车窗都打开,稍许冷却,车子像赴约迟到似的疾驶进去,然而他并没有迟到,因为他根本就没有什么约会,那时是下午四点钟,车子抵达旅馆大概用了一个多小时,研讨会将会在第二天晚上开始,有一个官方宴请,他有二十四个小时之多的空闲时间,着什么急啊?无需着急。驶过没有几公里路,见有一块旅游牌子上指的是韦尼泽洛斯之墓,离开公路干道有几百米。他决定短暂停留一下,想在上路之前凉快凉快。公墓大门附近有一家冷饮店,里面有一个露天大凉台俯瞰着整个小城。他在一张桌子旁坐下,点了一杯土耳其咖啡和一杯柠檬冰淇淋。他看到的城市曾经是威尼斯人的,后来又是土耳其人的,城市很美,洁白得几乎刺眼。现在他感到很舒服,精力格外充沛,飞机上感到的不适完全消失了。他看了看交通图:要抵达去伊拉克利翁超级公路,他可以穿过城市,抑或多走几公里围绕着苏达

---

① 希腊城市名。

海湾行驶。他选择了第二种路线，从高处望去，海湾十分美，大海一片湛蓝色。从山坡下到苏达海湾的路很惬意，除了低矮的树木和几处房子的屋顶以外，可以见到白色沙滩围成的小港湾，他真的很想去那里洗洗海水澡，他关上空调，拉下车窗，让那带有海水味道的热风吹拂在脸上。他驶过工业小港口和居民区，到了交叉口向左转弯，进入去伊拉克利翁城的海滨大道。他打开左转向灯，停住了车。跟在他后面的一辆车子按喇叭让他往前走：另一边的行车道没有车辆驶来。他不朝前开，让后面的车子超过他，然后打开右转向灯，驶入了相反的方向，那里有一块路牌指示：摩尔尼耶斯。

现在我们正跟随着他，一个到达了克里特的不知名人物，去海滨一个惬意的地方，出于一种连他自己也不知道的原因。突然他驾车朝山上驶去，一直开到摩尔尼耶斯，穿过村庄，不知道自己要往哪里去，又好像知道要去哪里，实际上他没在想什么，他就是开着车，他知道自己在朝南行驶：仍然高高的太阳已经落在他身后，打从改变方向行驶后，他重又有了那种轻松的感觉，那种轻松感他坐在冷饮店小桌旁从高处眺望广阔的地平线时体验过：一种异乎寻常的轻松感，同时又有一种他记不得是怎样的活力，好像年轻了似的，一种淡淡的激情，甚至是一种小小的幸福。他径直抵达一个名叫福尔内斯的村镇，满有把握地穿过镇子，好像他认得路似的，在一个交叉口停下，公路干道继续通往右边，他进入了辅路，路牌上写着：白山。他平静地继续朝前行驶，惬意的感觉逐渐演变成一种快乐，他脑海里浮现出一首莫扎特的咏叹调，他感到自己能背诵出曲调的音符，开始流畅地吹起口哨来，自感惊诧不已，可是好几段曲子都吹走了调，真丢人，他自己都笑了。道路拐入一座山峰崎岖的峡谷里。那是一片风景绮丽而又荒蛮的地方，车子沿着干涸的溪流行驶在一条狭窄的柏油路上，溪流突然消逝在山石间不见了，柏油路也变成一条山间土路，只见贫瘠的群山里一片荒芜的平原，此时太阳落山了，然而他继续往前行驶，似乎认识道路。突然，如同在遵循着一种古老的记忆，抑或是按照梦境里接到的一种指令似的，他看到一根歪斜的桩子上挂着一块铁皮牌子，牌子上面全是小窟窿，像是被枪弹打穿过，抑或是岁月留下的痕迹，上面写着：修道院。

他顺着这块牌子行驶，似乎这正是他所期待的，直到看见房顶半倒塌的一座小修道院。他明白已经到了。他下了车。废墟上那扇东倒西歪的门是朝里面开的。他想，如今这里已经没有任何人了，小小拱廊下的一个黄蜂窝像是修道院唯一的守护者。他往下走去，像是有个约会似的等待着。天几乎已经黑了。门口出现了一位修士，老态龙钟，行动吃力，一副隐士的样子，蓬乱的头发披在肩上，留着一撮发黄的胡子。"你想干什么？"老者用希腊语问他道。"你会说意大利语吗？"来者回答。老者点头示意。"会说一点儿。"他喃喃地说道。"我是来接替你的。"来者说。

那么，事情就是这样，不可能有别的结论，因为这个故事不可能有别的结局，不过，知道这个故事的人深知他不能允许事情就这样了结，说到这里，他得超越时光。多亏一次那种时光的跳跃，然而那只能是凭想象才能实现的跳跃，人们在二〇〇八年四月以后的将来到了这里。是将来多少年以后的事情，不得而知，而知道这个故事的人却说得很含糊，比如，二十年，而对于人的一生来说，那可是很多年了，因为如果一位六十岁的男子在二〇〇八年精力还相当充沛的话，到了二〇二八年，他将会被岁月耗竭成一个心力交瘁的老人。

知道这个故事的人就这样想象着接着发生的事情，那么我们权且就跳到二〇二八年吧，就像知道故事的人所希望的那样，他已经想象到接着发生的事情。

这时，知道这个故事，并想象故事接下来发展的人看见了两个年轻人，一个小伙子和一个姑娘，他们穿着皮裤子和徒步登山鞋，正在克里特的山上旅行。姑娘在对小伙子说："在我看来，你在你父亲的图书馆里找到的那本旧导游手册已毫无意义，修道院如今已成了爬满蜥蜴的一堆瓦砾了，我们干吗不往回朝海边走呢？"小伙子回答说："我想你说得有道理。"可是，正当他这么说时，姑娘却又反驳道："不，我们再往前走一点儿，兴许会发现什么呢。"其实只须在那挡住部分景色布满红石的荒山坡上随便转转，就会发现那座修道院，应该说是修道院的残骸。年轻人朝前行进着，山峡里刮着疾风，掀起了尘埃，修道院的门倒塌了，几个黄蜂窝守卫着那空荡的破房子，当他们俩已转身背对着那个凄凉的地方时，却听到了一个声音。修道院的门洞里有一个人。那人十分苍老，神态很可怕，一捋长长的白胡子垂到胸前，蓬乱的头发披在肩上。"哦！噢！"那声音叫道。没有别的。两个年轻人停住了脚步。老人问道："你们懂意大利语吗？"两个年轻人不回答。"二〇〇八年以后都发生了什么事情啦？"老人问道。两个年轻人相互看了一眼，没敢说一个字。"你们有照片吗？"老人又问道，"二〇〇八年以后发生了什么事情啦？"然后，他用手示意，像是让他们走，不过，也许他是在赶拱廊底下飞舞的那些黄蜂，他又走进他那黑洞洞的破房子里。

　　知道这个故事的人深知无法以任何别的方式了结。在写出来之前，他喜欢对自己讲述这些故事。而且他把这些故事讲述得如此完美，详详细细地、一字一句地讲述，以至于可以说，他好像是把这些故事铭刻在记忆之中了。他更喜欢每天深夜，在那孤寂空荡的大屋子里，抑或在他难以入眠的某些夜晚里讲述故事，那些难眠之夜里他只能想象，算不了什么事情，不过，想象给予他一种如此鲜活的现实，似乎比他实际生活的现实更为现实。然而，最困难的不是给自己讲述他自己的故事，这个容易，好像他睁大眼睛胡思乱想时,他看到讲述故事时所用的词句都写在他屋子里漆黑的屏幕上了。而他给自己讲述了很多次的那个已经像是一本印成书册的故事,那个用脑海里的词句讲述出来的故事,说起来很简单,写出来却很困难,当他的思绪变得很具体很清晰的时候,得在字母表上找到相应的字母。要把他讲述的故事写出来,似乎他还缺少现实的标准,而正因为这样,为了体验一种他实际生活在其中的现实,却又无法真的变成真切的现实,他选择了那个地方。

对这次旅行的每个细节他早就有所准备。从哈尼亚的机场下飞机,取出行李箱,进入赫兹租车服务站,取出车钥匙。"三天?"服务站的职员惊诧地问他道。"这有什么奇怪的。"他说。"没有人到克里特来度假三天的。"职员微笑着回答道。"我有一个周末长假,"他说道,"够我做我要做的事情。"

克里特岛上阳光灿烂。不是地中海的阳光,是非洲的阳光;要抵达海滨度假旅馆大概得用一个半小时,最多两小时,即使行驶得很慢,六点钟左右就可以到达,冲个澡之后,很快就可以着手写作,旅馆的食堂一直开到十一点钟,那是星期四晚上,他数了一下日子:星期五、星期六、星期天都安排满了,足足三天。三天足够了:已经全写在他脑海里了。

为什么他在那个红绿灯那里往左拐了,他说不清楚。超级公路的隔离墩能辨别得很清晰,还有四五百米他就进入前往伊拉克利翁的海滨大道。可他朝左转弯了,在那里一块深蓝色的小路牌标出一个不知名的地方。他寻思以前他到过这里,因为霎时间他看到了一切:一条绿树成荫的街道上房子寥寥无几,简陋的广场上一座难看的纪念碑,一片岩石,一座山。那是一闪念。"那种怪现象医学无法解释,"他自言自语道,"人们称其为déjà vu,已经见过的东西,可我先前却从来未经历过。"然而,他对自己做出的解释并无把握,因为先前已经见过的东西是延续的,比他眼前看到的更强有力,像一层薄膜似的裹卷着周围的现实,树木、山头、夜晚的阴影,甚至他正在呼吸的空气。他感到一阵头晕,他生怕再被其吸回去,不过那只是一瞬间,因为在那种感觉的不断膨胀中,他经受了一种奇怪的变态,就像一只手套,反过来,还依旧套着手。所有一切的背景改变了,霎时间他感到发现新东西的喜悦,一阵轻微的恶心和一种极度的伤感。然而,也是一种无尽的超脱,就如同我们终于明白了我们一直知道却又不愿意知道的某些事情时那样;并非是已经见到的事情把他吞噬了,让他沉溺在一种他从未经历过的过去之中,而是他正在把自己掳掠到一个还将要经历的未来之中。行驶在橄榄树丛中那条把他引到山上的小路时,他知道自己突然会看到一块尽是窟窿眼的生锈的牌子,上面写着:修道院。他知道自己会顺着那块牌子往前走。现在一切都清楚了。

# 后　　记

在我的这本书出现之前，这些故事实际上都存在过。我只是聆听故事，并以我的方式叙述出来。它们在书中并不按照写作的年月次序排列。

《将军之间》献给诺曼·马内阿①和他的妻子塞拉。《电影节》献给克日什托夫·皮尔斯维奇②。《布加勒斯特依然如故》献给阿龙·阿尔塔拉斯③，也向穆尼尔·科尔④拍摄的一张照片致敬。《我眷恋风》献给达维德·贝纳蒂⑤。《云彩》献给皮耶罗·艾内斯托·齐卡。《淅沥，淅拉，淅沥，淅拉》是在锡夫诺斯岛上

---

① 诺曼·马内阿(1936— )，罗马尼亚作家，纳粹集中营幸存者。
② 克日什托夫·皮尔斯维奇(1945— )，波兰著名律师、电影编剧和政治家，现为波兰国会议员，团结选举社会运动党主席。他是波兰著名导演克日什托夫·基斯洛夫斯基长期合作的编剧。
③ 阿龙·阿尔塔拉斯(1960— )，以色列的意大利文学翻译家，是作者塔布齐的希伯来语译者。
④ 穆尼尔·科尔(1961— )，土耳其摄影家、作家。
⑤ 达维德·贝纳蒂(1949— )，意大利画家。

的艾奥娜·科苏达基家中写成的,并献给她。《餐桌上的亡人》献给我妻子玛丽亚·何塞,那天她跟我一起在柏林。